LO QUE NO DEBIÓ PASAR EN ISRAEL

PROFECÍAS DEL 2029-2030

VOL. 2

JOSE L. VILLAFAÑE

"Israel no fue creada para desaparecer. Israel perdurará y flore-
cerá. Es el producto de la esperanza y el hogar de los valientes.
No puede ser quebrada por la adversidad ni desmoralizada por
el éxito. Lleva el escudo de la democracia y honra la espada de
la libertad."

John F. Kennedy, presidente de los Estados Unidos.

PREFACIO

El Mundo no es igual desde la invasión a Venezuela y la raza humana está a punto de colapsar. Un tratado de paz y el surgimiento de un nuevo orden mundial decidirán el futuro de cada individuo. Millones de personas desaparecerán sin dejar rastro alguno. El sistema, tal y como se conoce, será parte del pasado. Una nueva era está a punto de llegar y Estados Unidos, uno de los pocos países en desacuerdo con el Líder Supremo Mundial, desencadenará una gran guerra. ¿Será esto el principio del fin?

PRIMERA PARTE

ANTES DE LA ASCENSIÓN

MATEO 24:3-8

CAPÍTULO 1

DEBILITAMIENTO DEL SISTEMA

El reportero Brycen Smith del Noticiero Nacional está en vivo desde el Aeropuerto de Newark con una noticia de última hora: "El día del Apocalipsis hoy, 31 de diciembre del 2028, las celebraciones de despedida del año han sido opacadas en todo el planeta por la hostilidad de una nación. Una nación al otro lado del hemisferio que ha alcanzado el corazón de nuestro poder financiero y, como consecuencia, afectará la economía global.

Una bomba nuclear fue lanzada por la Coalición rusa-iraní desde la ciudad de Brusovo en Rusia con un misil hipersónico. El diámetro de la devastación ha alcanzado 5 kilómetros pulverizando edificios y matando alrededor de 1.5 millones de personas en la superpoblada Manhattan. La estatua de la Libertad, un símbolo patriótico, fue destruida completamente desde su base. Se activó el estado de emergencia desde las 3:33 p.m. del día de ayer, hora del Este en los Estados de Nueva York y Nueva Jersey, luego del ataque perpetrado por la Coalición del mal. Cientos de barcos y buques que se encuentran en el área, están ayudando a la población de Long Island y los damnificados de las zonas cercanas a la explosión están siendo evacuados hacia la marina de Perth Amboy Harborside, lugar retirado del centro de ataque.

Debido a los altos niveles de radiación, la reserva del ejército prohibió la entrada de civiles y, especialmente, de reporteros en la zona cero. Los sobrevivientes están en un área de cuarentena esperando los resultados del porcentaje radiactivo que han absorbido sus cuerpos. La sede de la ONU está completamente destruida por la ola expansiva de la bomba de 5 megatones. La bolsa de valores dejó de existir y todos nos preguntamos: ¿Será este el fin de la nación tal y como la conocemos?", pregunta Brycen preocupado.

El mundo está de luto por las cosas que están ocurriendo desde que empezó la invasión a Venezuela, el asesinato del Almirante Enzo, la destrucción de Condado en San Juan, el ataque terrorista a la Cúpula Dorada en Jerusalén, la explosión nuclear en Orlando y la explosión nuclear de Manhattan. Los productos alimenticios en los supermercados están escaseando a nivel mundial por el miedo a una Tercera Guerra Mundial. Hay saqueos en casi todos los países, el caos mundial apenas comienza a enseñar su lado oscuro.

Mientras el presidente Silva está protegido en el búnker de las montañas Cheyenne en Colorado Springs, se reúne con sus generales para organizar el ataque. "Que [1]comience el ataque a Brusovo y a la Flota rusa en Tartus. Envíen un misil hipersónico con 3 ojivas nucleares a la ciudad de Brusovo y acaben con todo lo que se mueva. Les haremos el mismo juego a Rusia y a su flota; envíen aviones de caza y misiles desde nuestra escuadrilla en el Mediterrá-

---

[1] Mt. 24: 6-8

neo", dice con ira. Una hora más tarde, los misiles de los buques cruceros de Estados Unidos dieron en el blanco y 5 buques rusos fueron destruidos. Rusia correspondió con 10 cazas para atacar a la flota americana en el Mediterráneo, sin percatarse de que en el aire estaba sobrevolando 25 F-16 y 7 F-35.

Cinco F-16 sirvieron de señuelos mientras los cazas rusos los seguían a 5 kilómetros de distancia. De repente, maniobraron en picada los cazas americanos y derribaron a los aviones enemigos. En el mar Báltico un submarino americano lanzó un misil nuclear hipersónico con 4 ojivas nucleares de 5 megatones cada una para destruir completamente a la ciudad de Brusovo. A las 11:55 hora de Moscú del 31 de diciembre del 2028, el objetivo dio en el blanco y la ciudad quedó en ruinas. Silva observa los ataques en vivo desde el centro de operaciones y se prepara para dar un discurso a la Nación:

"Queridos ciudadanos americanos, podrán atacarnos, pero no atacarán nuestro orgullo patriótico; podrán reírse de nuestra desgracia, pero llorarán de tristeza. Han ofendido a una potencia mundial con sus bombas, han pensado que nos hemos debilitado, pero lo que nos han dado es fuerza para levantarnos y luchar. Estamos preparando el frente del Pacífico y del Atlántico en caso de otro ataque sorpresa por parte de China y la Coalición rusa-iraní. Hoy, 1 de enero del 2029, no vamos a permitir otro ataque a nuestro territorio. Eso se los aseguro o dejo de llamarme Kristhian O. Silva", dice con estentóreo enojo.

Todos los países están de vigilia por las muertes en el ataque terrorista. Los noticieros mundiales ponen una y otra vez las grabaciones del momento exacto de la explosión nuclear, analizada desde diferentes ángulos de la ciudad. No pueden entender cómo cualquier país, desde el lado político que esté, sea capaz de un acto tan atroz.

En la sede de la ONU, en Viena, hay una reunión de emergencia para dialogar con los países implicados y llegar a un acuerdo de paz antes que escale la guerra. El secretario de la ONU, Efraín Martínez, está a puertas cerradas con sus delegados maquinando una estrategia. "Damas y caballeros, no hay una salida viable si no hay cooperación. Entendemos que el ataque a Nueva York fue absolutamente evitable y la humanidad dependerá de lo que vaya a decidirse hoy".

CAPÍTULO 2
EL ANUNCIO DEL REGRESO MASIVO

Ezequiel 37

El presidente ruso Leonid Socolov, reunido con los presidentes de la Coalición, planea una invasión a gran escala sobre el territorio de Israel. Expresa: "Socios de la Coalición, por los ataques de los americanos a Brusovo y a nuestros buques de guerra es imperioso intervenir en Israel con todo lo que tenemos antes que Estados Unidos siga embistiendo. Un embajador nos representará en la reunión de emergencia de la ONU para acordar un cese al fuego. Cuando lo hagan, nos armaremos e invadiremos con toda artillería a los judíos. Hagamos que ellos piensen que ganaron y tomaremos el control total de Israel".

Es 3 de enero del 2029, 9:30 a.m. hora central europea y la reunión de emergencia acaba de comenzar. Efraín Martínez toma la palabra: "Naciones del mundo, miembros y representantes de esta reunión de emergencia. Comprendan el grado de peligro en el que está el planeta. No podemos ignorar que, por el orgullo de ciertas naciones, su proceder destruirá y colapsará el sistema financiero mundial a una escala sin precedentes. Esto no se trata de nosotros en tiempo presente, sino de nuestros hijos, de nuestros nietos y de todas las generaciones por venir. Cese al fuego es la propuesta firme para detener las hostilidades de la Coalición y de Estados Unidos, para negociar una tregua".

Sara Rummage, embajadora de Estados Unidos, se acomoda para comenzar su grave intervención. "Miembros de la ONU, no podemos negociar con el enemigo y menos cuando han sido capaces de destruir dos ciudades por su sed de poder: Orlando así como parte de la ciudad de Nueva York. Estados Unidos no permitirá bajo ninguna circunstancia que hagan lo que Rusia hizo con Ucrania. Es de popular conocimiento que, de no ser por el primer ministro de Israel en el armisticio, no existiría". Los miembros de la ONU aplaudieron y gritaron a voz en cuello repetidas veces "Paz", "Paz", "Paz", "Paz". Efraín, en un acto moderador y organizativo, interviene pidiendo orden y respeto en la reunión.

Por su parte, el delegado ruso expone la perspectiva política de su nación frente a los acontecimientos. "Miembros de la sede, nuestro país comprende el enojo que generan las intervenciones militares actuales, pero nos manifestamos a favor de un cese al fuego. Nuestro presidente está dispuesto a dialogar con el mandatario Kristhian Silva y con el primer ministro de Israel, Yosef Abramov. Con el debido respeto, mi país ofrece disculpas por los daños causados a la nación americana", expresa con calma y serenidad en el porte. La mayoría de los presentes expresa su descontento abucheando, gritando y silbando con las palabras del representante. Efraín detiene las reacciones que ha generado la propuesta. En 24 horas se retomará el tema.

Mientras se tejen estas cuestiones, en Tesino, Suiza, un magnate judío llamado Izan Wasckierd presencia la reunión desde la terraza de su mansión. Allí, acompañado de las personas más poderosas del planeta, declara: "Ya escucharon lo que dijo el secretario de la ONU sobre el cese al fuego. Quiero que todos levanten sus copas como una promesa de la abundancia y el poder que surgirá de esta guerra. Mañana me reuniré con el primer ministro de Israel para ejecutar el plan de la nueva manifestación del surgimiento al poder", expresa con una seguridad infranqueable. Los presentes lo ovacionan y vitorean y, por supuesto, alzan sus cristales por la esperanza de un cambio mundial.

Es 4 de enero del 2029, 6:00 a.m. hora de Tel Aviv. Izan acaba de aterrizar en el Aeropuerto Internacional Ben-Gurión de la ciudad, mientras el primer ministro lo espera con sus generales fuertemente escoltado. Izan aparece con una gran sonrisa en los labios. Su rostro muestra a una persona exageradamente intelectual, con un carisma inigualable. Es un hombre respetado por la comunidad judía. Se acerca al primer ministro, Yosev Abramov, le da un fuerte abrazo mientras pronuncia con alegría "Llego el momento, Yosef".

En la conferencia de prensa que se lleva a cabo en el edificio del Consejo de Seguridad Nacional Izan enuncia un breve discurso. "Hermanos israelitas, como todos saben, Israel fue establecido y reconocido por la ONU el 14 de mayo de 1948 como un Estado soberano. Como pueblo, hemos pasado por muchas tribulaciones y decepciones mientras crecíamos, pero estos sufrimientos están llegando a su fin. Vamos a florecer como la nación más poderosa que jamás haya existido sobre la faz de la tierra- enfatizó-. Yo seré parte de la verdadera Israel, la que pertenecía a nuestros ancestros. Y ustedes también serán parte del nuevo cambio, así que les pido a todos los judíos que llenaron el formulario del regreso a la tierra, que "brota leche y miel", que voy a donar 100.000 millones de dólares para que puedan volver. ¡Basta de abusos por causas étnicas y religiosas! Seremos levantados como una nación poderosa. Y a todos los ciudadanos de Israel, les daré 10.000 millones de dólares para que acojan a sus hermanos en sus hogares. Recuerden que hay más de 18 millones de nosotros repartidos por todo el planeta. ¡Hagamos a Israel un gran país!, profiere con una elocuencia como nunca se había visto en siglos.

Noticieros nacionales han acudido para registrar y televisar el curso de los acontecimientos. El Noticiero Nacional de Tel Aviv está en vivo en el discurso de Izan Wasckierd. "El pueblo aplaude con fervor el discurso del magnate. Todos se preguntan: '¿Será Izan el líder que tanto ha esperado Israel?' Muchos lo llaman el Mesías. Su fortuna actual es de 400.000 millones de dólares y se ubica en el rango mundial como la persona más rica y poderosa que el mundo haya conocido. Según fuentes confiables ya tiene preparado más de 10.000 aviones de pasajeros comerciales por todo el mundo para que aterricen en Tel Aviv y sugiere a los que no han llenado la forma del regreso, que se trasladen a las embajadas de todo el mundo o a la página oficial del gobierno. Noticiero Nacional de Tel Aviv informa".

CAPÍTULO 3

EL ACUERDO

Desde la sede de la ONU en Viena, el noticiero nacional prepara a sus televidentes para el gran acontecimiento que se definirá a puertas cerradas. "Hoy, 4 de enero del 2029, son las 9:30 a.m. hora de Europa Central y se cumplió el plazo para la decisión de un cese al fuego por parte de las naciones implicadas. Los ojos del mundo están a la espera de un acuerdo de paz. ¿Se logrará por las vías pacíficas?"

Efraín Martínez abre la sesión que convoca a los territorios en conflicto. "Naciones del mundo, luego de un largo debate con el presidente Silva, Yosef y la Coalición, hemos llegado al acuerdo de cese al fuego a partir de las 10:00 a.m. del presente día. El mismo se extenderá durante 3 meses mientras se negocia y establece el tratado de paz. Como secretario de la entidad a la que represento, pido por favor a las partes implicadas que no soslayen el hecho de que nuestro planeta sea exterminado por competencia de poder si su negativa al acuerdo se manifiesta. Seamos conscientes del grado de peligro al que nos someterían".

Los dichos expresados generan un impacto inmediato en los judíos que desean ser repatriados, quienes comienzan a retirar sus divisas de los bancos y a rellenar los documentos correspondientes. Sus corazones se estremecen al ver la valentía del pueblo venezolano que estaba exiliado, de su espíritu patriótico y el regreso promisorio a La

Nueva Venezuela. Mientras en muchos países se celebra el plan de regresar a los judíos a Israel, en otros, se reportan una serie de "limpiezas" étnicas para crear pánico y que, de este modo, los semitas huyan de esas naciones.

Un boletín de última hora informa: "El magnate Izan recurrió a sus influencias para activar la operación "La Estrella de la Esperanza". Desde las 3:00 a.m. hora de Tel Aviv logró reducir los vuelos comerciales a un 50 % en todo el mundo para que estén disponibles los desplazamientos de los hermanos israelíes de todos los rincones del planeta. El reportero Brycen Smith está en una conferencia de prensa que está brindando Izan en Jerusalén.

- Brycen Smith, reportero del noticiero. Señor Izan, los países del Medio Oriente están atacando a los judíos que viven dentro de sus territorios, ¿qué está haciendo el gobierno de Israel para frenar asesinatos y crímenes de odio a fin de que sus ciudadanos puedan salir en paz?.

- Estamos en negociación con los líderes de los países implicados para que puedan salir sin ningún percance. En estos momentos han ingresado a suelo nacional alrededor de 10.000 judíos en solo 2 horas. El primer ministro canceló todos los vuelos comerciales de todo los aeropuertos en Israel. La ONU está cooperando para que esta ola de israelitas pueda llegar al destino. Estados Unidos abrió el espacio aéreo comercial y permite que los vuelos destinados a Israel puedan partir, dice en clave de seguridad lingüística.

- Brycen Smith desde Jerusalén en Conferencia de Prensa con el poderoso Izan Wasckierd. Volvemos a los estudios.

En simultáneo, el presidente Silva se dirige a sus ciudadanos desde el despacho oval: "El país está en crisis y es responsabilidad ciudadana levantarlo. Aunque es cierto que actualmente atravesamos un estado de emergencia, debemos seguir realizando nuestras actividades de forma normal. Respetaremos el cese al fuego establecido en mediación por parte de la ONU, siempre y cuando la Coalición no rompa el acuerdo. Pedimos al gobierno de China establecer las comunicaciones pertinentes para llegar a un acuerdo".

Ante el temor de un colapso en el país, el gobierno decidió controlar los productos alimenticios hasta que se pueda resolver la crisis.

9 de enero del 2029, en Jerusalén.

"Buenos días, ciudadanos de este hermoso país. Hoy a las 7:00 a.m. hora de Tel Aviv hemos recibido al 80 % de los judíos de todos los confines de la tierra, 12 millones de personas aproximadamente. Ansiamos que al final del día no existan diásporas de nuestro pueblo. Con la cooperación amable de Yosef, Israel será un país lleno de abundancia. Seremos la envidia mundial", dice Izan con la autoridad y elocuencia a la que está acostumbrado.

Mientras los ojos del mundo están atónitos por el regreso masivo de judíos, la Coalición está atenta y prepara los ejércitos para el ataque sorpresa. Está cerca de invadir a Israel por todos lados y esto será desastroso. Muchos religiosos y eruditos temen por lo peor.

Capítulo 4

ATAQUE TERRORISTA EN LA NUE-VA VENEZUELA

Noticiero Nacional reportando en vivo con Bycen Smith: "Han pasado algunos días de este éxodo masivo de ciudadanos judíos y este día, 15 de enero de 2029, un 95 % de los judíos que estaban distribuidos en diferentes países del mundo están en Israel. La ONU ha preparado un campamento provisional hasta que puedan resolverse satisfactoriamente cuestiones de alojamiento y acogida. Palestina y el mundo árabe, por otra parte, se lanzaron a las calles protestando por la llegada de los 17 millones de judíos. Las Fuerzas Armadas israelíes están en máxima alerta. Se estima que han muerto aproximadamente 300 civiles y soldados en un enfrentamiento por parte del grupo terrorista de Palestina. El primer ministro ha hecho un llamado a la población palestina para que detenga las protestas y lleguen a un acuerdo.

Mientras tanto, en La Nueva Venezuela, gracias a la coordinación y cooperación de Estados Unidos, Colombia y Argentina, se enviaron 3 barcos de carga con alimentos, equipos médicos y brigadas para restablecer el sistema eléctrico. La nueva compañía de petróleo fue privatizada y el presidente Esteban decretó una ley en la que transfirió el poder a la Compañía Wasckierd Inc. Los impuestos constituirán una de las bases de apoyo para la reconstrucción de la nación. Por otra parte, el presidente de China, Yan Wang, disparó contra de la privatización del petróleo venezolano, ya que La Nueva Venezuela tiene una deuda inmensa por los préstamos. Seguiremos informando en Noticias Nacionales".

Las declaraciones del mandatario chino preocupan a Esteban por lo que llama al presidente Silva para pedirle asesoramiento.

-"Esteban, no se preocupe que yo personalmente voy a convocar una rueda de prensa en la Casa Blanca y le daremos todo el apoyo en caso de que la situación se salga de control. Las noticias sobre La Nueva Venezuela me llenan de emoción, toda la población está unida por un patriotismo impresionante. ¡Cuanto daría porque Enzo estuviera vivo y pudiera apreciar los frutos de su labor!" —dice con un dejo de tristeza.

- Silva, El Libertador estará por siempre vivo en nuestros corazones; movió el sentir de una nación que quería darse por vencida, es nuestro orgullo patriótico —se oye alegre —. Las elecciones serán este año en marzo 15, ya hay dos candidatos y nos estamos preparando para que sea un sufragio trasparente. Agradezco el apoyo de ustedes, Colombia y Argentina, para que todo esto sea posible. Y, señor Silva, ¿qué hay de Granado?.

- Hoy iré a la prisión de máxima seguridad para hablar con él, no he podido por los acontecimientos recientes, pero hoy sí o sí lo veré cara a cara, expresa en tono enérgico, casi con enojo.

Uno de los candidatos a la presidencia, el senador Alberto Timaure, quien tiene la mentalidad del fallido régimen, planea en secreto con la ayuda de China derrocar al nuevo gobierno. El objetivo de Yan Wang es invadir Panamá para tener el control del canal y de este modo invadir a La Nueva Venezuela y a Puerto Rico. Un enviado de Wang está en la oficina de Timaure con una potente suma de dinero y un vil encargo: "Senador, necesitamos que asesine a Esteban y derroque el gobierno de turno. Cuente con nosotros; ya los americanos perdieron poder como superpotencia y va a ser fácil el derrocamiento de La Nueva Venezuela", dice en tono de burla.

Silva acaba de llegar a la prisión de máxima seguridad para ver a Granado. Ingresa a una sala improvisada con solo dos sillas en el centro, toma asiento con la mirada fija hacia la puerta. El Servicio Secreto está dentro de la sala, Granado aparece esposado de pies a cabeza mientras los guardias lo sientan frente de él. Se retiran dejando al presidente y el Servicio Secreto,

-¡Por fin te conozco, Granado! ¿Por qué no te entregaste? ¿No te bastó con dividir a la nación por tu ambición? Miles de personas murieron por tu decisión. La sangre de cada uno de ellos está en tus manos, es más, si hubieras entregado a Rodrigo todo hubiera sido diferente, seguirías en la presidencia sin ningún contratiempo. ¿Cómo respondes a eso?, pregunta enojado.

El preso esboza una sonrisa en sus labios mientras responde:

- Ya lo hecho, hecho está. Si pudiera regresar al pasado créame que no hubiera cometido esos errores. Pero a este punto todo está perdido. ¿Le digo algo señor Silva? Ustedes tienen muchos enemigos. No sé lo que está ocurriendo afuera exactamente en este instante pero prepárense para una gran guerra, una más grande que la mía, dijo con tono resuelto.

Noticias Colombia con el reportero Jeannier Otano informando desde el Palacio Enzo Guerrero en Caracas, adelante.

"Son las 10:30 de la mañana del 29 de enero del nuevo año y el presidente Esteban ha aceptado una entrevista con nuestra cadena de noticias. Nos encontramos en las afueras del Palacio esperando que el presidente salga para comenzar la entrevista. Hoy, a un poco más de un mes y como pueden observar, todo alrededor nuestro está en reconstrucción y se percibe paz en la ciudad de Caracas. Como es de público conocimiento, unos meses atrás La nueva Venezuela pasó por los capítulos más oscuros de su historia, pero gracias al esfuerzo de todos los venezolanos, pudieron encaminarse y cambiar su perspectiva de nación. En estos momentos está saliendo el presidente Esteban del Palacio acompañado de los miembros de la asamblea, dice Jeannier con cierta admiración".

De repente, un sujeto se abalanza por sobre la multitud con una AR 15 y embiste contra el séquito tratando de asesinar a Esteban. Los guardaespaldas, casi con instintiva reacción, forman un escudo humano que termina derribando a 5 de ellos. El jefe de seguridad de Estaban que estaba a unos metros por detrás del terrorista, logró neutralizarlo al instante. El saldo del atentado dejó 15 muertos. Las cámaras registraron el ataque en vivo y la incertidumbre por el estado de Esteban crecía mientras pasaban los segundos. Los testigos y sobrevivientes junto con el reportero Jeannier pudieron sacar al presidente de entre los cuerpos sano y salvo. El perpetrador fue arrestado y custodiado en un sitio secreto para su interrogación.

Tiempo después, Esteban se dirige a la nación: "Hermanos venezolanos, como pudieron observar, fui blanco de un ataque terrorista frustrado. Lamentamos mucho las pérdidas y acompañamos el dolor de la familia de las víctimas que han dado su vida por esta nación. En este momento tenemos al individuo bajo custodia e interrogación para que nos revele quién es la mente maestra de este brutal ataque. No vamos a descansar hasta que se sepa la verdad y les prometo que su castigo va a ser severo", dice con ira.

El terrorista, como era de esperarse, no habla. Esteban llama a Cory y le pide que hable con el Padrino para hacer que el perpetrador hable, El asiente. Sabe que cualquiera que conozca al grupo de los 80, no tiene más opción que declarar la verdad. El presidente Silva puso a disposición un avión desde La nueva Venezuela para recoger a Cory con una parte del grupo de los 80 hacia Puerto Rico. Esteban se trasladó al Aeropuerto Internacional Luis Muñoz Marín para encontrarse con sus amigos Cory, Joel, Kaki y el Padrino, todos piezas clave en la invasión a

Venezuela para derrocar el régimen. Los saluda y, mientras estrecha la mano de Emilio alias el "Padrino", le dice:

- He escuchado mucho de ti; gracias a tu trabajo se pudo saber quién planeó el ataque nuclear en Orlando.

El Padrino sonríe y expresa con seguridad

- Para mí es un orgullo conocerlo, señor Presidente. Y no se preocupe, el terrorista hablará.

Es 1 de febrero de 2029, 3:33 a.m. hora de Caracas. Esteban llega al lugar secreto con el Padrino y sus amigos para comenzar el interrogatorio. Emilio abre una maleta llena de machetes, alicates y herramientas de tortura adquiridas en el mercado negro. Se sienta frente al terrorista y le dice en son de burla:

- ¿Así que eres el terrorista, eh? Lo que te voy a hacer te va a doler más a ti que a mí y la verdad no me gusta perder el tiempo. Dime quién te envió y cómo pasaste al Palacio sin ser detectado.

- Nadie me envió- expresa quien ahora es víctima- yo lo planeé, mátenme ya.

El Padrino se acerca a Joel y le pide que sujete su mano izquierda. El terrorista forcejea unos segundos, hasta que Joel y Kaki estiraron la falange siniestra y el Padrino se la vuela con una precisión perfecta. Grita de dolor.

- No pienso matarte aún, poco a poco iré desmembrando todo tu cuerpo hasta que confieses- expresó con un tono grave el justiciero-. Tienes tiempo para decirnos quién es la persona detrás de todo este ataque.

Mientras tanto, el Padrino saca lentamente una mini estufa con una hornilla portátil que guarda en la maleta asesina, además de una cacerola con sazones. Recoge la mano que descansaba en el suelo y la comienza a adobar. Al este hombre se le conoce como una persona que nada lo asombra, hace todo como si fuera un juego que disfruta. Los demás están atónitos por lo que él está haciendo y dos oficiales comienzan a vomitar por lo que acaban de ver.

Emilio enciende la hornilla y pone la mano en la cacerola, empieza a oler la mano mientras comienza a cocinarse. El terrorista mira esa escena con terror. El Padrino prepara una mesa, saca un plato con cubiertos y dice como quien está preparando un menú célebre para invitados distinguidos "En 10 minutos va a estar la carne, y tu te vas a servir".

- El que planeó todo fue el senador Timaure, grita en medio del asco y el dolor. Posteriormente, dio los nombres de los oficiales que le dieron acceso al Palacio.

En segundos, 15 patrullas de la policía tiraron la puerta del Senador a golpes y lo arrestaron al igual que a sus cómplices.

El Senador, que minutos antes estaba en el salón adjunto a la sala de interrogatorios, vio la escena grotesca y trágica, se puso nervioso y confesó:

- Un representante del presidente Wang me dio una poderosa suma de dinero para que asumiera el poder de Venezuela.

- Estás arrestado por intento de asesinato y por ataque terrorista. Tienes suerte de que el Padrino no te torturara, arguye Esteban.

CAPÍTULO 5

INVASIÓN A PANAMA

Noticiero Nacional con un boletín de última hora:

"Nos encontramos en la Casa Blanca esperando al presidente Silva que en unos minutos comenzará una rueda de prensa para dar explicaciones sobre el incidente ocurrido ayer en Caracas. Escuchemos lo que va a decir:

"Ciudadanos americanos. Como pudieron observar en los medios de comunicaciones, hubo un atentado malogrado en contra del presidente Esteban Pedraza. Según las fuentes del Servicio de Inteligencia de La Nueva Venezuela en conjunto con civiles del servicio antiterrorista de Estados Unidos, pudimos esclarecer quién fue el autor intelectual de este ataque terrorista. El presidente Yan Wang envió a un emisario para planear un golpe de Estado y fomentar al senador Timaure para asumir las riendas del país. Le digo públicamente al presidente de China que se equivoca, que la gran deuda que, según usted tiene La Nueva Venezuela, no aplica, es de otra nación. Como no existe, no se le pagará ni un centavo a China.

A Yang Wang no le gustaron nada las declaraciones del presidente Silva y convocó una reunión de emergencia con todos sus generales. "Caballeros. La operación "El gran dragón rojo" debe comenzar lo más pronto posible. Con la nueva tecnología antirradar no detectarán nuestras flotas al momento de invadir Panamá y apropiarnos del canal.

Luego, la compañía petrolera de La Nueva Venezuela estará en nuestras manos"".

En Israel sigue la tensión, en Jerusalén los ciudadanos judíos bloquean el acceso a las ruinas de la Cúpula Dorada y a la Mezquita de Al-Aqsa a los musulmanes. Por esta convulsión civil, el gobierno activó el toque de queda desde las 6:00 p.m. El secretario de la ONU incita de forma persuasiva que se mantenga la calma hasta que se resuelva la situación y promete proteger a Palestina y a la Franja de Gaza ante cualquier ataque por parte de Israel.

El reportero Brycen Smith del Noticiero Nacional tiene una exclusiva con el Magnate Izan Wasckierd:

- Buenas tardes, señor. Para mí es un honor que haya aceptado una entrevista con este medio comprometido con la noticia. ¿Qué plan estratégico tiene para que los recién llegados a Israel tengan un techo donde vivir?, pregunta el periodista.

- Con ayuda del pueblo y mis inversiones estamos llevando a cabo un proyecto de viviendas en tiempo récord para alojar a más de dos millones de personas. Será la mega construcción más rápida en la historia de la humanidad. Hasta el momento hemos construido dos rascacielos de 400 metros en un mes. Se estima que en 30 días más completemos, con la ayuda de los 150.000 trabajadores, un programa que jamás alguien se atrevió a desarrollar, dice absolutamente convencido el ilustrado.

Al otro lado del planeta, Yang Wang pone en marcha la operación "El dragón rojo" enviando dos grandes flotas para las costas de Panamá en un viaje marítimo de tres semanas. Éxito rotundo al pasar por el Océanos Pacífico sin ser detectadas por escuadrillas estadounidenses.

22 de febrero del 2029, 11:15 a.m.

El presidente panameño, Rigelito Segismond, se encontraba dando un discurso de reconocimiento a dos oficiales de la policía por los esfuerzos de combatir el crimen en la ciudad, cuando es interrumpido con urgencia. Allí, en el Palacio de Las Garzas, escucha: "Señor presidente, los barcos de carga han detectado cientos de buques de guerra a 10 millas náuticas del canal".

Rigelito actúa prontamente y establece comunicación con Silva para determinar la naturaleza de la operación. La respuesta de Silva es contundente: "De ninguna manera. La flota del Pacífico está en Oahu, Hawái, haciendo simulacros de ataques". De repente, mientras Silva todavía hablaba, un misil impactó a 500 metros del Palacio, destruyó los edificios cercanos y su onda expansiva voló de un estruendo las ventanas de la oficina del presidente y lo estrelló contra el piso.

Silva perdió la comunicación e instó a sus generales a investigar lo ocurrido. Las flotas chinas ya han tomado el control de todos los barcos de carga y a los tripulantes como rehenes. Hay más de 150 embarcaciones bajo el control del país asiático mientras 50 cazas chinos derriban las antenas de comunicaciones y un ejército de 15 000 soldados entran a la central energética para controlar el sistema del país. Varios helicópteros aterrizaron en Colón para controlar el canal por completo y restringir cualquier entrada de barcos a la zona. El general chino a cargo, Húi Chang, arriba a la oficina central del Canal de Panamá y les dice a los civiles en español fluido: "Desde este momento el Canal y toda Panamá le pertenecen al Gobierno de China. Están todos secuestrados hasta que resolvamos la situación aquí".

Última hora, anuncia el telediario. "Panamá ha sido invadida por China. Según fuentes que están en la ciudad de Panamá, el ejército chino se ha apoderado del gobierno panameño y las calles están repletas de soldados chinos. Se estima que hay alrededor de 30. 000 soldados que han tomado el control, no solo de la ciudad sino de todo el canal. No hay información hasta el momento del presidente Wang sobre la invasión y se rumora que es una táctica para invadir a La Nueva Venezuela como represalia a la privatización petrolera. El dueño de la petrolera, Izan Wasckierd, está en un comunicado de prensa para hablar sobre lo ocurrido: "China invadió Panamá sin ningún motivo; la petrolera en Venezuela estará a salvo. El presidente Silva envió soldados y la flota del Atlántico a las costas de Caracas para defender el país de alguna invasión por parte de China. La compañía seguirá sus operaciones como de costumbre", dice sin exabruptos. Brycen Smith cierra el comunicado de último momento: "Mientras el ejército chino tiene secuestradas a más de 3.000 personas, incluyendo al presidente Segismond, Estados Unidos activó la flota del Pacífico para dirigirse a Panamá"".

El Noticiero Nacional le pide a Brycen que permanezca en línea mientras conectan a la audiencia con un comunicado de prensa en vivo en el que está haciendo declaraciones el presidente Yan Wang. Dice: "Pueblo de la gran China. Activaremos a todos los hombres de entre las edades de 18 a 35 años para que se preparen para una eventual guerra. Hemos tomado el control del Canal de Panamá y del gobierno; tenemos a todos los miembros del gabinete y civiles, incluyendo a Segismond en nuestro poder, hasta que La Nueva Venezuela nos pague el préstamo que por derecho nos es propio. No habrá transporte de barcos de carga hasta que cumplan con lo que nos corresponde por ley. A los Estados Unidos les exhortamos que no intenten atacar a las flotas chinas en Panamá, de lo contrario las personas inocentes morirán por su negligencia. No nos haremos responsables por la decisión de nuestros generales en Panamá", expresa furibundo.

El mundo está con miedo por la invasión a Panamá. Muchos creyeron que la tregua por parte de Estados Unidos, Israel y la Coalición rusa-iraní sería el fin de las hostilidades. Pero China se las ingenió para abastecerse con todos los barcos de carga. La mitad de su flota sigue su curso por el Canal para tener presencia en el Caribe y avanzar con la Operación Dragón Rojo.

CAPÍTULO 6

INCERTIDUMBRE MUNDIAL

Noticias Canal 3 de Puerto Rico en vivo con Dereck López desde Capurganá, Colombia.

"Este 2 de marzo del 2029 aparenta ser un día normal. En la frontera que va hacia el Darien cientos de personas tratan de cruzar la selva para entrar a Panamá y seguir la travesía para llegar a los Estados Unidos. Se estima que desde el 22 de febrero han llegado alrededor de 100.000 panameños como refugiados a Colombia y en la ciudad de Punta Canoas, Costa Rica, más de 250.000 refugiados huyen de la invasión china. El presidente colombiano, Restrepo, activó a todo su ejército para proteger las fronteras y las aguas en caso de un avance.

Por su parte, el secretario general de la ONU, Efraín Martínez, catalogó la invasión a Panamá como un acto cobarde y desmesurado contra el pueblo panameño. El secretario convocó una reunión de emergencia para tomar medidas contra el gobierno chino. Pasamos a los estudios con Jorge Rivera Sánchez para un boletín de última hora", cierra Dereck.

El Noticiero Nacional de Estados Unidos acaba de reportar un ataque a Taipéi desde el territorio de China con cientos de misiles destruyendo los sistemas de defensa de la ciudad. Según el presidente Yan Wang, un militar taiwanés atacó con bombas de gran potencia destruyendo el área norte de La Ciudad Prohibida en Beijing. Se reportaron

150 personas muertas por las explosiones. Hasta el momentos no hay indicio de una invasión del ejército chino a Taiwán, quien, según el presidente chino, fue un ataque preventivo como represalias al ataque terrorista en Beijing. Mientras, en Israel se creó el frente judío para defender el país de una invasión por parte la Coalición ruso-iraní. Se teme que la Coalición deje sin efecto la tregua del cese al fuego e invada Israel, aunque niegan esa intención aviesa.

El presidente Silva se reúne con sus generales para comenzar un plan con el que pueda sacar al ejército chino de Panamá. "Damas y caballeros. Estamos ante la peor crisis desde la guerra de la Independencia. Dos bombas nucleares devastaron a nuestro país, los ataques a Hawái y a la Isla de Guam tiene la nación en alerta máxima. No podemos permitir que otro país tome el control del nuestro y menos que invada a una nación del Continente Americano. Cualquier plan estratégico para detener el avance chino será analizado. Es preciso no olvidar también el control total que tienen en la invasión en Panamá. No podemos tomar decisiones a la ligera, ya que la vida de los secuestrados está en nuestras manos.

Con relación a la situación de Taiwán tenemos que esperar antes de cualquier intervención. He solicitado una reunión de emergencia con la OTAN para que se activen los ejércitos en caso de otro ataque a Estados Unidos- expresa con preocupación. Mientras, en la sede de la OTAN en Bruselas, varios países miembros están a punto de renunciar y romper lazos para no intervenir y quedar neutrales a los conflictos recientes. Aseguran que la guerra puede acabarse por medio del diálogo y quieren seguir los pasos de Turquía para desvincularse del organismo del Atlántico Norte. Se está hablando de la desintegración de la alianza por unanimidad y dejar a Estados Unidos solo", indicó el presidente.

Noticias de La Nueva Venezuela. Transmisión en vivo en El Palacio. Enzo Guerrero con la reportera Nakary Palacios.

Este día, 15 de marzo del 2029, el presidente colombiano Restrepo esta de visita en Caracas y se dirige al país para dar el informe de situación en Panamá:

"Ciudadanos colombianos y venezolanos. Actualmente tenemos a más de 100.000 refugiados en la frontera colombo panameña. La ONU nos ha brindado equipo médico, carpas y alimento para ayudar a los desplazados. Nuestros soldados están ayudando día y noche al cuerpo de paz de la ONU para organizar la acogida de los refugiados. En Táchira hemos comenzado el despliegue de tropas para ayudar a la reserva de Puerto Rico a defender a La Nueva Venezuela en caso de una invasión por parte de Yang Wang.

Además, hemos creado un frente multinacional con el nombre de La Unión del Sur con las siglas "LUS" que se compone de Colombia, La Nueva Venezuela, Brasil, Ecuador, Chile, Perú, Argentina y Uruguay. LUS ya está enviando tropas a varios puntos estratégicos en La Nueva Venezuela y por unanimidad han roto todo trato comercial con China. La flota estadounidense, en conjunto con la nuestra, están protegiendo las costas de Caribe sur en caso de un ataque. Queremos frenar cualquier conflicto que pueda desencadenar una Tercera Guerra Mundial. Estamos abiertos a la negociación para llegar a un acuerdo de paz", dice con esperanza.

Leonid Socolov convocó una reunión secreta con su Coalición. "Saludos a todos los miembros. Hoy como pueden observar hay nuevos integrantes. Le damos la bienvenida a Arabia Saudita, Catar, Emiratos Árabes Unidos, Irak, Armenia, Sudán y Etiopía"- dice con alegría. Todos los miembros ovacionaron y dieron la bienvenida a los nuevos integrantes con júbilo. Y añadió: "Hermanos de la causa. El ataque y la invasión será relámpago. Entraremos por todos los frentes: mar, tierra y aire. No les daremos oportunidad de contraatacar, sino más bien los someteremos con nuestras condiciones y los exterminaremos de la faz de la tierra", dice con vehemencia. Los aplausos estallaron y hubo gritos de alegría. Continuó el mandatario: "Tenemos una gran ventaja por parte de China con la Invasión de Panamá".

CAPÍTULO 7

TERROR EN ASIA

Noticiero Nacional con Ethan Jackson. Boletín de última hora: "Corea del Sur bajo ataque. Hoy, 3 de abril del 2029, nos encontramos en el Hotel Central a unas cuadras del Palacio Deoksung donde se está viviendo una situación escalofriante. Cientos de misiles están siendo lanzados sobre la ciudad. Hay mucho temor de parte de la población. Se oyen los estruendos acompañados de las alarmas de toda la ciudad, gritos y más explosiones", comunica con agitación y miedo.

De repente, en medio del reporte, un fuego cegador ingresó por el balcón de la habitación del reportero y la transmisión se cortó.

La casa central de estudios en Estados Unidos se quedó en silencio por 15 segundos. Retoman para la audiencia: "Hemos perdido la comunicación con nuestro reportero. Hasta el momento no sabemos sobre nuestro equipo en Seúl. Por favor, le pedimos al público que mantenga la calma. La información oficial hasta el momento es que los ataques provienen de Corea del Norte. Estamos en comunicación vía Skype con el General Peter Scott en la base militar de Camp Humkey, frontera con Corea del Norte.

- General, ¿usted piensa que los ataques provienen de régimen norcoreano o hay una posibilidad que provengan del ejército chino?

- Bueno, todavía es prematuro confirmar de dónde provienen los ataques a Seúl. Sospechamos que Corea del Norte es responsable de la agresión. Como se sabe, desde 1953 luego del armisticio del paralelo 38, ha habido muchos incidentes y la seguridad de la zona se ha incrementado debido a las amenazas del vecino norteño. Hemos activado la alerta máxima y enviaremos a expertos para determinar la procedencia de los misiles, mientras todas las bases del Pacífico están preparando una ofensiva. Países como Japón, Singapur y Las Filipinas están alertas para defender el territorio en caso de ataques hostiles por parte del enemigo", dice preocupado.

Mientras todavía hablaba, uno de sus oficiales interrumpió la entrevista, tomó del brazo al General y salieron corriendo. Al instante, un gran destello asomó por sobre el cristal de una ventana; una gigantesca bola de fuego atravesó los rincones de la oficina, evaporó el suelo y todo a su paso y alcanzó a los soldados que corrían con el terror en su rostro. El calor los pulverizó al instante. La cámara dejó de grabar. El mundo comenzaba a sumirse en el caos.

Los reporteros quedaron atónitos ante el incidente, se escuchaban gritos, lamentos y quejidos en el estudio y el canal detuvo la transmisión por unos minutos. Nunca había ocurrido un momento así en la historia de la televisión.

Ethan Jackson se coloca frente a cámara decidido a informar: "Damas y caballeros. La base militar Camp Humkey en Corea del Sur ha sido atacada con una bomba nuclear. No sabemos si hay sobrevivientes en la zona y no recomendamos que entren a la base sin protección anti radiactiva. Estamos conmocionados ante este ataque contra Corea y contra nuestros militares", comunica con tristeza.

Silva está preparándose para hablarle a su nación de lo ocurrido. Le expresa, con pesadumbre, a su esposa:

- Mi amor, son muchas las cosas que están pasando y temo por el futuro de nuestro país.

La esposa lo besa tiernamente mientras intenta darle consuelo,

- Cariño, Dios te puso aquí con un propósito, no temas que todo va a salir bien. Siempre estás en mis oraciones día y noche, Estados Unidos está pendiente de tus decisiones y confía en ti, le dice con amor.

Ya en la oficina oval le dedica a su equipo un par de frases para motivarlos a hacer su labor y darse bríos. Dice: "Estos tiempos nunca serán olvidados, nuestra nación dependerá de lo que pase de ahora en adelante".

Una cámara está frente a él, respira suavemente, toma un poco de agua, mira a su esposa y esta le devuelve con sus ojos y sus labios: Todo va a salir bien.

CAPÍTULO 8

LA PRE TERCERA GUERRA MUNDI- AL

"Ciudadanos de los Estados Unidos, ¿hasta cuando vamos a permitir esta barbarie por parte de nuestros enemigos?, dispara el presidente Silva. Los americanos honramos la palabra y respetamos las treguas. Con China favorecimos por vías de paz llegar a una negociación. Estamos en investigación para llegar al responsable de estos actos de maldad, de estos actos repudiables en los que carece de valentía quien lanza piedras y esconde la mano. Descubriremos a los perpetradores del ataque a Seúl y a nuestros soldados en la frontera con Corea del Norte. No importará de quién se trate ni de su influencia en el mundo, pagará por los actos de odio dirigidos hacia la nación", declara con indignación.

Yan Wang por su parte, reúne a sus generales y al Líder de Corea del Norte para iniciar en breves semanas la invasión a La Nueva Venezuela y para hablar sobre lo ocurrido en Corea del Sur.

"Un saludo y una reverencia al Líder Coreano, dice el mandatario. Como saben, el ataque conjunto de China y Corea del Norte fue todo un éxito. Esto nos da ventaja para unificar las Coreas y sacar a los americanos del territorio. La destrucción de la base militar en Camp HumKey producto del proyectil que envió nuestro homólogo, el Líder Coreano, ha hecho temblar a Estados Unidos como nunca. Se ha enviado una tercera flota que permanezca en Panamá por las costas del Pacífico, así las demás cruzan el Canal e invaden a La Nueva Venezuela y Puerto Rico.

La invasión a Puerto Rico- continúa- será parte importante de las operaciones. Se ha detectado un yacimiento de petróleo en el sureste de la Isla con la mayor reserva del mundo. Necesitamos que, cuando comience la invasión en La Nueva Venezuela, ustedes invadan Corea del Sur y vuelvan para bombardear Taiwán. El caos nos permitirá apropiarnos de las petroleras de todo el Caribe y crear un estado chino en la región. Déjenme comunicarles que están haciendo un excelente trabajo, expuso Yan Wang. Seremos la primera superpotencia y los líderes en todo. ¡Nadie podrá contra nuestro poderío!", declara con seguridad.

Un general del gobierno chino tiene a su hija viviendo en Corea del Sur por lo que, luego del discurso de fervor que acaba de oír, se comunica con la embajada de Estados Unidos en Icheon, Corea del Sur, para filtrarles la información.

La noticia no tardó en llegar a los oídos del presidente Silva quien, inmediatamente, preparó la contraofensiva en Corea del Norte para atacar a una base de lanzamiento de misiles en China. Además, advirtió a Japón que tuviera cuidado en caso de una retaliación por parte de China y Corea del Norte. Activó, también, a todas las tropas del Pacífico, las flotas cercanas al mar de China y a la fuerza aérea. El ataque era inminente.

10 de abril del 2029, 5:00 a.m. hora de Tokio.

Japón prepara todos los sistemas antimisiles mientras los americanos forman la "Operacion Muralla Frágil" para bombardear a Pyongyang y a la base de lanzamientos china. Es una misión ultra secreta, elaborada para causar el mayor daño posible y vengar las muertes provocadas.

5:30 a.m. Los portaviones y las bases militares estadounidenses de todas las áreas de Asia enviaron a más de 500 cazas y bombarderos para China.

5:45 a.m. Desde una base de la fuerza aérea americana en Japón, salieron 5 cazas y 3 bombarderos. El bombardero principal tiene una bomba de 5 megatones para atacar a la capital de Corea del Norte.

6:10 a.m. El sistema de radar chino ha detectado algo irregular en sus monitores: los 500 cazas americanos han sido descubiertos. Lo que no saben es que están a minutos de la zona de impacto. China activó la máxima alerta en el país. Enviaron 300 cazas chinos para defender su territorio; los cazas americanos llegan a la base de lanzamientos y envían 150 misiles. Se elevan a gran velocidad, ya que saben que la base posee ojivas nucleares. Dan en el blanco y una gran explosión aclaró la mañana desintegrando 20 F-16 americanos en el acto por la onda expansiva y el fuego abrumador. Alrededor de 30 megatones fueron detonados por los misiles de Estados Unidos, destruyendo todo en un diámetro de 15 kilómetros.

La Coronel Juleica del Valle, hermana del presidente Silva, encabeza la operación en China. En la ciudad de Tangshan, 150 cazas chinos aparecen sorpresivamente y derriban a 30 aeronaves americanas, incluyendo al F-35 de la Coronel. Se activaron fuerzas especiales para su rescate porque, según se supo, pudo salir expulsada del avión y se encuentra escondida en el territorio enemigo. Un aeroplano de rescate de tecnología de vanguardia salió de un portaviones americano en el mar de Japón para acudir en su ayuda.

El avión baja en picada, a gran velocidad, y aterriza sin ningún problema. La Coronel Silva enciende luces de bengala para ser vista por las fuerzas especiales. Una división del ejército chino con base a 700 metros comienza a disparar. Silva y los demás corren a toda velocidad mientras una lluvia de balas arremeten contra el grupo, segando la vida de 2 personas. El resto, sobrevive. Una vez a bordo, se activó el sistema de defensa de la flota. Unos 200 cazas chinos se aproximan a toda velocidad hacia el portaviones y los demás buques.

Los sistemas de defensa lograron derribar a 78 cazas en 5 minutos. Los americanos volaron en picada para arremeter a los demás cazas chinos. Juleica, ya a salvo y en la base, no desiste de su labor, toma uno de los aviones a reacción y va al frente a derribar todos los enemigos que se le cruzan.

China decide emprender la retirada de sus bombarderos. Se oyen gritos de triunfo en la base; sin embargo, un misil alcanza velozmente uno de los destructores y lo pulveriza al instante. China se ha retirado pero no sin utilizar con eficacia sus estrategias de ataque. La flota activó "El escudo marino", un nuevo sistema de defensa, un domo capaz de proteger a la flota de cualquier ataque. Nada podrá entrar ni salir, ya que es un campo de fuerza capaz de soportar hasta una bomba nuclear de 5 megatones.

Un misil chino con una ojiva nuclear golpea el domo estremeciendo a la flota y causando una ola gigante que logra ingresar al campo de fuerza. La Coronel Silva grita a los tripulantes del portaviones que están en cubierta advirtiéndoles del peligro inminente. Todos se refugian dentro. En la torre de control el vicealmirante, John Allen, se comunica con los demás buques y los alerta del impacto que están a punto de sufrir. La ola mide 300 metros de altura y mientras se aproxima, va levantando e inclinando los navíos a un ángulo de 45 grados.

Los buques tienen que hacer maniobras de destreza para no voltearse. Dos destructores colisionan por la fuerza y la altura perdiendo el control. Luego de que se calma la ola, crece la preocupación por el nivel de radiación fuera del domo. Para salir a la zona, es vital protegerse con los trajes antiradiación.

En simultáneo, Japón derribó con éxito a 3 misiles provenientes de Corea del Norte cerca de la Isla de Ulleung.

Las noticias del mundo están reportando el ataque nuclear y la respuesta de Japón ante la embestida de Corea del Norte.

CAPÍTULO 9

LA DIVISIÓN

Noticiero Nacional está en vivo con el reportero Brycen Smith desde la Casa Blanca para escuchar al presidente Silva en una rueda de prensa.

"Buenos días. El presidente está a punto de dirigirse a la nación sobre los ataques en el mar de Japón. Hasta el momento no se sabe cuántas muertes hay. Se rumora cientos de miles han sido las víctimas pero aún no tenemos confirmación oficial. Los efectos radiactivos son de alto riesgo para cualquier ser viviente. Recomendamos que se mantengan lejos de la zona de la detonación. Escuchemos lo que el presidente dirá en rueda de prensa."

Silva aparece, acomoda su micrófono, mira a quienes están presentes y pronuncia: "Ciudadanos americanos y aliados. Ya no podemos negar ni mirar de soslayo las intenciones claras de China y Corea del Norte. Si no actuamos a tiempo, Estados Unidos, el país más poderoso en la historia de la humanidad, desaparecerá. Seguiremos en máxima alerta y tomaremos medidas drásticas, si fuere necesario, para proteger nuestra nación y los territorios del Pacífico", anuncia. Luego, queda en silencio por unos segundos y declara: "Damas y caballeros. Necesitaremos de todo su apoyo; no nos queda más que orar y pedirle a Dios que nos guíe". El presidente se retira sin hacer más intervenciones. Los reporteros por primera vez quedan callados; un mutismo recorre la sala. Todos tienen miedo del futuro y de lo que la presente situación desencadenará.

Las redes sociales estallan ante los comentarios de Silva. Luis Alberto Borges, un youtuber famoso, dispara: "¿Para qué orar si Dios no nos va a escuchar? Somos responsables de nuestros actos y cuando llegamos al momento crítico, nos arrepentimos. Más bien, busquen cómo llegar a una paz y sacar a Dios del panorama; ¡él no existe!. Solo está en nuestra imaginación", dice con enojo. Estos comentarios se viralizan y causan controversia y malestar entre los aficionados a las redes y en la gente común, consumista de los noticiarios.

Canal 3 de Puerto Rico está en el estudio con Jorge Rivera Sánchez y con un invitado especial, el Pastor Gamaliel Rodríguez.

- Buenas tardes, Pastor. ¿Qué piensa sobre lo que dijo Luis Alberto sobre Dios?, pregunta Jorge.

Gamaliel lo mira fijamente.

- Jorge, primero quiero decirte que es para mí un placer que me entreviste. Todos estos acontecimientos y guerras que estamos viendo por todo el mundo tienen que suceder. El odio y los cambios repentinos de la sociedad hacia Dios han llegado a niveles alarmantes. Estamos cerca de un gran acontecimiento. Él nos está dando una oportunidad al arrepentimiento, Cristo viene y sé que lo han escuchado por años, pero el momento está cerca", dice en tono de pre-ocupación.

- ¿A qué se refiere con que Él viene?, pregunta con mucha curiosidad.

Los del equipo de producción le señalan a Jorge que no haga más preguntas sobre religión.

A Gamaliel le entusiasma la pregunta, busca la cámara principal y se dirige a ella mientras apunta con sus dedo a la posible audiencia.

- Les digo que habrá una desaparición en masa y estoy hablando de millones de personas que serán eliminadas de la faz de la tierra. El mundo no será el mismo; Dios está tocando la puerta y espera que le abras para enseñarte el verdadero camino. El momento de decisiones para tu vida depende del hilo en el que estás colgado: si estás con Dios o con la maldad del hombre. El hilo se mueve y se va a partir. Espero que caigas en el lado correcto, no me da miedo hablar y decirte que todos tenemos un llamado. Y ya todas las naciones conocen al verdadero Dios.

La producción decide irse a Comerciales para interrumpir la entrevista. El jefe de producción le agradece a Gamaliel y le refiere que hasta allí está bien su intervención.

Jorge quedó entre desconcertado y curioso, así que le pregunta a Gamaliel si sería posible reunirse en la cafetería cercana al canal para hacerle un especial de investigación sobre lo que acaba de pronunciar.

El clérigo asiente.

- Será un placer, Jorge. Sé que el equipo de producción se molestó por lo que dije, pero no se puede tapar el sol con un dedo.

- Lo llamo para la reunión en esta semana- confirma. Muchas gracias por esas palabras, Pastor.

La OTAN está en crisis. Más de 18 países rompieron el vínculo con la organización, ya que para ellos es mejor mantenerse neutrales ante los ataques entre China y Estados Unidos. El secretario de la ONU, refirió: "Ciudadanos del mundo. Estamos en tiempos de un creciente deterioro ambiental por todos los ataques nucleares que han ocurrido. El egoísmo y la ambición humanas acabarán con nuestro planeta. No saben cómo vivir en armonía los unos con los otros, sino que luchan por una supervivencia equívoca alentada por el deseo de poder". Y añadió: "Solo nos queda mantener un canal de comunicación abierto para que los países involucrados lleguen a un acuerdo de paz. Piensen en los inocentes y en nuestras generaciones venideras, no se cieguen por la maldad"- dice con tristeza.

El presidente Silva, decepcionado por la decisión de los 18 países de la OTAN, habla con sus generales sobre el próximo movimiento. Necesita que las naciones permanezcan ya que serán indispensables para la resolución del conflicto y para el futuro de la humanidad. Dice: "Mi preocupación mayor en estos momentos es la crisis de alimentos en el mundo, el declive económico por el ataque nuclear a Manhattan Esos eventos han cercenado nuestro sistema financiero mundial. Tardaremos años en recuperarnos. ¿Cómo devolverle la fe a la nación, a un país que tiene heridas? ¿Cómo levantar a un país que está sin fuerzas para avanzar?, pregunta con enojo y frustración.

Todos los presentes manifiestan perplejidad y, con razón, pues nadie tiene una respuesta sólida ni una solución mágica.

El secretario de defensa levanta la mano e interviene.

- Señor, lo que queda sería hacer que el pueblo compre bonos de guerra, los mismos que hicieron los presidentes en la Primera y Segunda Guerra Mundial, propone.

Silva, que no ha pensado esa estrategia como una salida viable, lo mira con asombro y luego de pensarlo conviene en plantearlo en un discurso al día siguiente. Cree con ilusión que podría ser una de las estrategias para salir de la crisis.

La Coronel Silva llega a la oficina oval de la Casa Blanca para reencontrarse con su hermano.

La secretaria se acerca al presidente para comentarle de una visita inesperada.

- Señor, tiene una visita desde Japón que lo está esperando, le informa.

- Estás sonriendo. ¿Quién será?, apunta Silva. Abre la puerta y su hermana corre a abrazarlo.

- Cayú- utiliza su apodo-, ser presidente te ha encogido. Una carcajada llena los rincones del despacho.

- Con tantos vuelos sigues siendo la gordita. Siéntate hermanita, ¿quieres un trago o estás en servicio?, pregunta cariñosamente.

—Por supuesto, y con hielo- contesta Juleica.

- ¡Gracias a Dios que sigues viva! Me dijeron que eres toda una heroína en la batalla de China. Salvaste a 8 oficiales- refiere con orgullo-. Les pediré a tus superiores participar de la condecoración con la medalla de honor. Hay pruebas de tu valentía y yo debo estar presente.

- Me trasladaron para el comando de la flota del Atlántico para una misión. Sé que es confidencial -dice Juleica- pero me gustaría saber si es posible, Kristhian.

-Habrá una contra ofensiva para las flotas chinas que están en el Caribe y en el Pacífico para tomar a Panamá y así evitar una invasión a La Nueva Venezuela, plantea Silva. Sé que esta misión será muy peligrosa -enfatiza- pero necesitamos una gran fuerza militar para limpiar a los invasores de una manera u otra. Sé que estás con intenciones de pasar unos días con Neicha en Florida. Dile que nos reuniremos en Navidad. Cuando comience la operación te llamarán para que te reportes.

La abraza cálidamente y le dice:

- Cuídate mucho, gorda.

-Yo me sé cuidar, enano- ríen.

Noticias Nacional tiene un reportaje en vivo desde el portaviones USS Victory en el Atlántico con Brycen Smith.

"Hoy, 15 de abril del 2029, nos acaban de informar que el Líder Supremo de Corea del Norte ha muerto en el ataque nuclear. Según fuentes en Corea del Sur, el líder supremo se encontraba en el Palacio cuando el misil impactó en la ciudad. Informantes indican que el sucesor Choi Yejun rompió la genealogía de Corea del Norte y está rearmando el ejército para atacar a todas las bases americanas en Asia. Es la persona detrás del régimen que ha mantenido al país en desolación con el resto del mundo y se dice que ostenta mayor poder, incluso más que el fallecido líder"- declara.

Y añade:

"Por su parte, el secretario de la ONU pide un cese al fuego tal como con la Coalición rusa-iraní y Estados Unidos e Israel. El Almirante Villafane hablará al respecto."

- Saludos, Brycen. Les pedimos por favor a los ciudadanos que no se desanimen; esta guerra injusta será cuento del pasado. Estamos más preparados que nunca para cualquier ataque, e incluso para una ofensiva. No perderemos el lugar que ocupamos en el mundo como potencia mundial. Todas nuestras flotas están en alerta en puntos estratégicos con tecnología de vanguardia al servicio. Nuestros enemigos jamás habrán soñado siquiera el desastre que se avecina.

CAPÍTULO 10

INVASIÓN A ISRAEL

China planea atacar a Taiwán y seguir con la estrategia de invadir a La Nueva Venezuela, mientras en Corea del Norte el ejército está planeando usar sus armas contra Japón y Corea del Sur.

El Noticiero Nacional regresa con un boletín de última hora. "Hoy, 23 de mayo del 2029, la Coalición rusa-iraní acaba de invalidar el cese al fuego al que se había comprometido en Israel y han lanzado como prueba de esto, fuertes amenazas contra el primer ministro. Según fuentes del noticiero, Rusia envió un misil nuclear de pulsos electromagnéticos a la estratosfera a Israel destruyendo todos los equipos electrónicos y las plantas eléctricas, incluyendo el sistema del domo de hierro.

El primer ministro de Israel acaba de activar su ejército al 100 % para defender el país en caso de una invasión por parte de la Coalición. El aumento de la población supondría una ventaja numérica en el ejército; el problema que se plantea es la escasez de armamento y lo susceptible que se encuentra el país sin el domo de hierro. El miedo por la división de la OTAN hace que sea blanco fácil para una invasión a gran escala. Por otro lado, Estados Unidos enviará tropas a Tel Aviv para ayudar a Israel y brindarle armamento pesado en defensa del Estado de Israel. Reportando desde los estudios en Estados Unidos, Brycen Smith."

La Coronel Juleica Silva está en la casa de su hermana Neicha en La Florida antes de su misión. Conversan:

- Neicha, sé que siempre estás orando por nosotros. Te ruego que pidas por lo que va a venir en estos próximos meses, refiere con tristeza.

- Gorda, sabes que pase lo que pase estaré aquí por ustedes, Dios tiene una misión contigo y sé que tú así lo sientes. Entraste a la academia para pilotar aviones de combate por una fuerza que no sabes explicar. Dios trazó un mapa para que pudieras llegar a donde él quiere ponerte, dice. Sé que no entiendes el plan de Dios para ti, pero te digo que seas paciente, poco a poco te revelará todo.

Juleica escucha con atención las expresiones que salen de la boca de su hermana y pronuncia, casi en tono burlón:

- Sí, loca. Te voy a hacer caso y que él me dirija de ahora en adelante- dice con ironía.

- No me creas, pero cuando te pase te acordarás de mí. Ya está lista la cena. He aquí tu plato favorito: lasaña. No te traje para acá solo para hablar, ¿eh?. ¿Me sirves un pedazo bien grande? Tengo que aprovechar que estás aquí, ya que no me visitas seguido para cocinar- las dos sonrieron con complicidad.

24 de mayo del 2029, 6:00 am hora de Tel Aviv. Un grupo de reporteros del Noticiero Nacional acaba de aterrizar en un aeropuerto militar para seguir de cerca la

situación. El veterano y reportero de conflictos Ángel Pedraza, revisa que sus equipos estén en orden y funcionen. Su grupo ha instalado un dispositivo capaz de bloquear los efectos de los pulsos electromagnéticos y poder reportar sin ningún obstáculo. Miran a su alrededor y observan que ningún caza está funcionando, ningún vehículo funciona por causa de la explosión ocurrida. El grupo es escoltado por militares hasta el hotel Silton para que puedan descansar por unas horas y comenzar su trabajo.

25 de mayo del 2029, 3:33 am hora de Tel Aviv. Se escuchan cientos de detonaciones por todos lados; los reporteros del Noticiero Nacional, ubicados en el piso 33 del Hotel Silton, asoman con sigilo por las ventanas mientras observan un espectáculo luminoso. Cientos de aviones bombardean la ciudad y las alarmas suenan combinándose con los estallidos. Los reporteros buscan la manera de grabar con sus celulares para captar el momento en vivo y enviar material al telediario. Se oye una fingida calma en las detonaciones, pero se escuchan los aviones de combate sobrevolando a diestra y a siniestra. Los reporteros bajan las escaleras como pueden para salir del hotel mientras el corresponsal de guerra, Ángel Pedraza, enciende el celular y transmite el panorama de la situación mientras baja presuroso. Dice con nerviosismo y agitación:

"Estamos en Tel Aviv en medio de un ataque sorpresa. Intentamos salir del hotel, ya que somos un blanco para el bando enemigo"- jadea.

Mientras él estaba hablando un misil destruyó el piso 50 del hotel haciendo estremecer el edificio. Pedazos de concreto se desprendían desde el techo cayendo cerca de los reporteros.

El estudio está expectante por los sucesos. Alguien de producción les pide que tengan cuidado. La señal es huidiza y se corta por momentos. Llegan al lobby y logran salir del hotel. La escena exterior es dramática: soldados israelíes disparan al otro extremo de la calle Zeev Jabotinsky. Un sonido ensordecedor cubre sus cabezas: es un misil con un blanco directo, los soldados. Los reporteros se refugian para no ser detectados mientras perciben a lo lejos gritos de victoria en farsi. Pedraza distingue unos vehículos blindados con la bandera de Irán. Farfulla: "Son soldados iraníes, nos tenemos que ir de este lugar".

Logran pasar por donde cayó el misil y Ángel toma las armas de los soldados muertos en un intento de defenderse o de asustar a quien se acerque maliciosamente. Enciende la cámara del celular y establece conexión con los estudios. Informa: "En estos momentos el grupo está a salvo, pero todos tememos por nuestras vidas. Estamos tratando de comunicarnos con la división del ejército estadounidense para que puedan rescatarnos antes de que el ejército iraní nos encuentre. Me temo que esto es una invasión a gran escala, podemos ver desde aquí a miles de soldados atacando al ejército israelí. Los bombardeos siguen y se escuchan por cientos. El hotel en el que nos hospedábamos está en completa ruina. Gracias a Dios que todos los que estaban allí pudieron salir con vida."

El reportero ancla exhorta a Pedraza: "Ángel, temo por sus vidas. Busquen un sitio seguro donde esconderse, mientras orquestamos los recursos para que sean rescatados."

El Noticiero introduce rápidamente las declaraciones del presidente y líder de la Coalición, Leonid Socolov. "Miembros de nuestra reputada alianza. Ya el tiempo se acabó y la paciencia también. Desde hoy iniciaremos los ataques a Israel. El 30 % de Tel Aviv es parte de la Coalición, al igual que la parte del Sinaí y no toleraremos la intervención de los americanos. Tenemos 2.300 ojivas nucleares listas para lanzarse en caso de una intervención por parte de Estados Unidos"- sentencia. Y continúa:

"El abuso religioso se terminará, Israel será llamada Palestina cuando ocupemos el 100 % del territorio. Invito y sugiero al primer ministro de Israel, Yosev Abramov, que se rinda antes de que acabemos con todos los judíos. Le damos 72 horas para negociar la rendición y largarse de los límites de Israel- dice con enojo.

El gobierno de Israel activó todos los sistemas de defensa en funcionamiento y le advierte al pueblo que busque lugares de refugio. Miles de soldados están cerca de Sapir, Israel, para contraatacar al ejército de Egipto que está a punto de tomar la ciudad. Los israelitas enviaron 50 aviones cazas de una base al sur del Sinaí para destruir a los tanques egipcios y acabar con los invasores.

Los cazas no fueron alcanzados por la bomba de impulso electromagnético, ya que se encontraban en un simulacro de ataque lejos del rango de detonación. Los egipcios estaban seguros de que invadirían sin ningún problema, pero no corrieron con suerte. Su ejército compuesto de 30.000 soldados es masacrado desde el aire sin piedad. Hubo solo 4.000 sobrevivientes. Los cazas actúan destruyendo todos los tanques y los vehículos blindados.

El presidente Silva se comunica con Abramov para asegurarle que el país brindará ayuda. "Tendré que retirar mis tropas de Israel – dice- hasta que busquemos una forma de resolver este conflicto. Mañana habrá una reunión de emergencia de la ONU para ver cómo podemos presionar a la Coalición para que se retire de Israel", le anuncia.

En Medio Oriente, los soldados de países árabes y millones de civiles se están aproximando a Israel para atacar y apropiarse de todo, incluyendo las residencias israelíes. Los judíos, por otra parte, están creando una gran línea defensiva para no seguir permitiendo el avance de la Coalición.

Un duro golpe ha sido asestado contra los invasores iraníes en Tel Aviv. El ejército de más de 2 millones de soldados israelíes atacaron a los invasores con furia. Formaron un grupo de fuerzas especiales para poner C-4 debajo de los vehículos y tanques del enemigo, destruirlos y dejar a los iraníes en blanco fácil para ser atacados. Ángel, por otro lado, recibe una llamada del jefe de comando del Mediterráneo para informarle que el presidente Silva ha ordenado el retiro de las tropas americanas en Israel y, para complicar el panorama, hay una amenaza nuclear por parte de Rusia en caso de intervención.

Agrega:

"Me he comunicado con los Navy SEALS en conjunto con las fuerzas especiales Sayeret Matkal, para que puedan llevarlos al puerto de Ashdod en bote hasta el destructor USS Obed (DDG-77). Tienen aproximadamente 70 horas para salir de Israel antes de que comience la gran ola de ataques".

SEGUNDA PARTE

LA ASCENSIÓN

1 CORINTIOS 15:50-54, 1 TESALONISENSES 4:13-18

CAPÍTULO 1

LA CAFETERÍA

25 de mayo del 2023, San Juan, Puerto Rico.

El área del Condado sigue en reconstrucción de los ataques por parte de los cazas rusos. Los hechos ocurridos el 30 de diciembre del 2028, causaron la muerte de 3.500 personas al instante. Cercano a la zona se encuentra el Canal de televisión 3 con Jorge Rivera Sánchez, en una cafetería, a punto de entrevistar a Gamaliel Rodríguez.

- Señor Gamaliel, ¿cuándo será la desaparición de millones de personas?- apunta el periodista. En ese momento llegan las tostadas y las ponen en la mesa. Gamaliel agradece el servicio y pregunta a Jorge si no va a ordenar nada. Él replica que su esposa ya le ha preparado un desayuno, con solo un café estará bien.

El clérigo retoma la conversación que los convoca:

- En que íbamos. Ah, ya recuerdo. Estos sucesos que están ocurriendo a escala global tienen que suceder. El día en el que Dios se manifieste está muy cerca, "esto es solo el principio de dolores", como menciona en Mateo 24. Dios nos llama al arrepentimiento para que nos encaminemos al camino recto. Los que serán arrebatados de la tierra serán personas que llevan una vida alineada con los pensamientos puros de Dios. Todo será un gran caos y, por supuesto, será mucho más grande que todos los conflictos que estamos presenciando o hemos siquiera presenciado- enfatiza-.

La invasión del Estado de Israel es profético. El "día está cerca" y por consiguiente nuestra misión es abrirle los ojos a los que no creen, para que puedan ver la realidad de lo que se espera- dice muy firme en su convicción.

- Qué pena que mi tiempo es escaso y debo irme a trabajar, Gamaliel. Pero mañana, si es posible a la misma hora, nos reunimos acá si le parece.

- Será un placer Jorge. Mañana yo invito el café y un nutritivo desayuno para usted, dice sonriendo. Jorge se levanta, deja el dinero sobre la mesa y se despide así:

- Perfecto Pastor, tenemos mucha tela que cortar. Nos vemos mañana.

Gamaliel sale de la cafetería, mira la calle en reconstrucción y piensa: Esto es solo el principio de lo malo que viene.

26 de mayo del 2029.

El reportero Ángel Pedraza trae la noticia de última hora.

"Nos encontramos en las afueras de Tel Aviv y es inevitable presenciar el poderío de la Coalición, la furia con la que está actuando. Casi toda la ciudad está en ruinas por los ataques aéreos y la llegada de soldados enemigos a suelo de Israel. Informes indican que ya en Tel Aviv hay más de 3 millones de soldados israelíes combatiendo cuerpo a cuerpo contra la Coalición. La mitad de Israel está a merced del enemigo, mientras sus soldados están resistiendo y expulsando las franjas enemigas. Estoy en estos momentos con el general Neftalí de la brigada de Israel para que nos informe.

- General. ¿Cómo piensan expulsar a los invasores sin los equipos de alta tecnología?.

-Esperamos recibir ayuda de ustedes para combatirlos – disparó-. Solo tenemos un 10 % de nuestro equipo militar, incluyendo a 50 cazas. Le estamos pidiendo a Dios que nos proteja. Tenemos una ventaja y es que nuestro ejército y sus voluntarios, que suman más de 20 millones, están defendiendo el país a capa y espada. No permitiremos que tomen nuestra ciudad, dice con fervor patriótico.

En Panamá, el ejército chino acaba de pasar las dos flotas por el canal. Otra está a 400 kilómetros de Surinam, en modo invisible, para no ser detectados. La misión será invadir a Puerto Rico con ataques por aire y tierra para tomar posesión del gobierno y secuestrar al gobernador. Yang Wang sabe que la reserva del ejército de Puerto Rico está protegiendo a La Nueva Venezuela y es el mejor momento para conquistar a Puerto Rico para que sea una base de operaciones y así controlar a Estados Unidos.

6:00 a.m. del 27 en la cafetería cerca del canal.

El Pastor está esperando a Jorge para seguir con la entrevista. Jorge llega con su equipo y una Biblia para que Gamaliel lo saque de dudas. Y dice:

- Pastor, pienso que debemos despertar la curiosidad de los televidentes para que este mensaje pueda llegar a los corazones de ellos. Le presento a mi camarógrafo René Dávila Hastings. Intercambian saludos y este, le informa sobre su papel:

- Pastor, es un placer conocerlo y aparte de ser el camarógrafo seré un simple espectador.

- Señor Dávila, ya que estará en posición de espectador, le pido que analice todo lo que voy a decir en la entrevista. No vea mi explicación como una con fines religiosos sino en el cuadro general de los sucesos actuales. No es una casualidad que usted sea parte del equipo de Jorge para la entrevista.

René lo escucha atentamente y corresponde con su pedido:

- Pastor, seré todo oídos, más tratándose de conocimiento sobre Dios.

Jorge inicia:

- ¿Qué pasará después del arrebatamiento?

- La Biblia explica con detalles todo lo que va a suceder. Luego de ese acontecimiento habrá una gran confusión "como nunca se ha visto ni se verá" en la historia de la humanidad. Se levantará un sujeto que tendrá todas las respuestas de lo sucedido y engañará a la población. Él hará cosas sobrenaturales para que las personas piensen que es el verdadero dios.

- Pastor, disculpe que lo interrumpa, pero, no entiendo cómo la persona que menciona puede llegar a tanto y engañar a la humanidad, ¿Cómo Dios va a permitir que lo usurpen?, pregunta con sinceridad e inocencia.

- Por causa de la maldad del hombre con su prójimo y no aceptar el amor de Dios -continúa el clérigo-. Él mismo permitirá que el anticristo reine en el planeta por 7 años; la gran mayoría de la población lo adorará como dios.

Jorge está muy confundido con lo que escucha.

-Pastor, esto parece más bien una película de ficción.

Gamaliel sonríe y prosigue:

- Jorge, cuando eso suceda las personas no podrán distinguir entre la realidad y la ficción. El anticristo será poderoso; los humanos que lo verán como perfecto, el mesías esperado. Dios encarnado en la tierra, la Biblia y todo lo que exista sobre Dios será destruido por él. Se construirá el Templo de Salomón por tercera vez y reinará en él.

- Pastor, lo escucho y comparo lo que está sucediendo en estos momentos y me aterra que pueda pasar todo lo que dice. ¿Cuáles serían las consecuencias de adorar al anticristo como un dios?.

- Pues, condenación eterna- dice sin dudar. El anticristo creará un sistema de gobierno único en la historia, se pondrá una marca con la que tendrás derecho a comprar y a vender. Tendrás la libertad de moverte a donde tú quieras siempre y cuando tengas la marca, por obvias razones estarás negando a Dios y aceptándolo a él. Te digo que sería mejor que no nacieras antes que ponerte la marca.

René lo mira incrédulo, sin embargo, no dice nada; piensa que el Pastor es un religioso fanático así que se reserva cualquier opinión al respecto.

27 de mayo del 2029.

El presidente Silva está reunido con sus generales y con el secretario de defensa a fin de crear una operación militar en caso de un ataque por parte de China a Venezuela. Se dirige a ellos: "Damas y caballeros. Las fuerzas armadas del régimen chino están planeando algo grande y como sabemos ya tienen a dos de sus flotas en el Caribe, muy cerca de La Nueva Venezuela. La del Atlántico está a 300 kilómetros de las flotas chinas; además tenemos a un gran ejército en Caracas y en la frontera con Colombia". Silva se incorpora de la silla y mira desde el monitor que está en la pared el mapa del planeta tierra y arguye: "Me temo que esto será el principio de una mala racha mundial y si no actuamos a tiempo, comenzará una guerra nuclear. Ya sabemos de lo que es capaz, la Coalición y China. No queremos más muertes de civiles y personas inocentes".

Mientras se tejen los hilos de un futuro alarmante, Izan Wasckierd está en el patio de su mansión junto a su perro admirando el paisaje. Uno de sus guardaespaldas lo saca de su ensoñación:

- Señor, el primer ministro acaba de llegar y se quiere reunir con usted.

- Hazlo pasar al área de la piscina y que nadie nos moleste, Adolfo.

Ya en el lugar asignado Izan comenta:

- Yosef, es un placer que esté en mi hogar. No se preocupe que acá está seguro. Mañana se vence el plazo de Socolov para que se rinda y le pido que no lo haga hasta que la ONU juegue su última carta. Según me informó el secretario, van a enviar el mayor despliegue del cuerpo de paz jamás visto en la historia. Estarán en Israel en las próximas horas para detener el avance de la Coalición.

- Izan, son excelentes noticias para nosotros. Espero que puedan llegar a tiempo del cese al fuego.

- Mantén a tu ejército en alerta, ya sabemos cómo la Coalición puede cambiar de opinión- advierte. Primer ministro, ¿quiere algo de tomar o de comer? El desayuno está a punto de salir.

- Sí, por supuesto. Gracias por la cortesía.

CAPÍTULO 12

LA LLEGADA DEL CUERPO DE PAZ

Ángel y su grupo de reporteros están a unos 5 kilómetros de Ashdod para salir a mar abierto y encontrarse con los Navy SEALS e ir a la flota americana. Mientras se van acercando, se asombran por los miles de soldados de la Coalición que están en completa vigilancia por cualquier ataque por parte de los soldados israelíes. Por seguridad, las fuerzas especiales de Israel toman un camino alterno para no encontrarse con los enemigos. Ángel le pide cautela y prudencia a su equipo pues ya están cerca y salir con vida es la misión fundamental.

En el extremo donde se encuentran hay una autopista que tienen que cruzar, no hay vehículos debido al ataque nuclear de impulsos electromagnéticos. Los soldados esperan que todo esté en calma. Los vehículos militares de la Coalición pasan con mucha frecuencia. De pronto, 4 camionetas llenas de rebeldes fuertemente armados se aproximan a alta velocidad. Cuando están cerca de los reporteros, aparecen dos vehículos anfibios y comienzan a disparar a los rebeldes. Los vehículos se detienen a 15 metros de donde están ocultos. Los soldados de la Coalición comienzan a crear una barrera infranqueable para frenar su avance y destruirlos. Pulverizan a la primera camioneta y los demás rebeldes intentan atacar a los vehículos de la Coalición por la carretera. Ángel, sin avisar a los demás, saca el rife de asalto que tomó del soldado muerto y aprovecha que los soldados de la Coalición han salido para entrar al vehículo blindado.

- Pongan las manos en alto y arrojen sus armas- grita mientras apunta a los pasajeros-. Este vehículo está confiscado.

Solo estaba el chofer y otro soldado dentro del vehículo. El conductor intenta sacar un arma y cuando Ángel lo descubre, dispara. El otro soldado trata de huir, pero es embestido por un militar de las fuerzas especiales israelíes, quien confronta a Pedraza:

- ¿Acaso usted está loco? ¿Cómo se le ocurre hacer esto?

- Analiza todo lo que quieras la situación, pero primero cierra la escotilla. Los soldados de la Coalición no se han dado cuenta de que tenemos el vehículo. ¿Cierto? Ahora bien, si no sube el calibre 50 y comienza a disparar, nos descubrirán.

El soldado emprende los disparos y mata a 15 reclutas de la Coalición; los demás israelíes, al verlo, corresponden desde el vehículo blindado. Los rebeldes que presencian la escena se detienen mientras mientras observan cómo perecen aquellos por el impacto de las balas. El saldo que dejó el encuentro cobró la vida de 25 soldados de la Coalición; dos sobrevivieron.

El líder pronunció sin miramientos: « No debemos dejar a nadie con vida. ¡Mátenlos! Si nos descubren, moriremos por ventaja numérica". Un soldado alzó su pistola y los ejecutó.

Los rebeldes se acercaron agradecidos y el líder manifestó:

-Todas las carreteras que van hacia Ashdod están bloqueadas. No hay paso por ningún lado. Aunque ya han muerto muchos de nosotros, no nos acabarán.

- Entonces, usemos el vehículo para entrar a la ciudad, así podremos pasar y llegar a la playa para irnos en los botes-propone Ángel. Una idea atraviesa su mente. Pregunta: ¿Cómo es posible que sus camionetas sirvan?

-Fácil, -responde el líder- nuestros vehículos estaban en el sur de Israel para cuando sucedió lo del ataque nuclear. No nos alcanzó y nuestros equipos están en óptimas condiciones.

- Tenemos un camino que hará más fácil llegar a la playa-aseguran los rebeldes-. Debemos irnos antes que aparezca la Coalición y nos acaben.

Las fuerzas especiales decidieron irse con ellos para burlar la seguridad del enemigo. Su cabecilla pronunció:

"Son las 10:00 a.m. y tenemos que estar en el lugar de extracción a las 11:30 a.m. Larguémonos de aquí".

10:47 a.m. a un kilómetro de la playa Yavne en Ashdod.

El convoy en el que estaba Ángel ve que todos los vehículos militares de la Coalición se están retirando de la playa, incluyendo los buques de guerra en los muelles.

Desde lejos pueden ver alrededor de 50 navíos del cuerpo de paz de la ONU acercándose.

Un soldado de alto rango de la Coalición los está esperando. El presidente ruso ha intervenido para pedir un cese al fuego, ya que atacar el cuerpo de paz sería una provocación para todos los países miembros de la ONU. Socolov sabe que no es momento de tener una confrontación con la organización internacional, porque, además, sería un ataque suicida y su plan es de convencer a los demás países de desaparecer a Israel. Es mejor tenerla de aliada.

Los movimientos de tropas de la Coalición fuera de la playa facilitan la movilidad del equipo de reporteros hacia los botes. A las 11:20 a.m. dejan el vehículo blindado en un lugar escondido, llegan al punto de encuentro y se preparan a abordar para ir a la flota americana. Los soldados israelitas se cambiaron la ropa para no levantar sospechas con la Coalición debido a la proximidad de los buques.

Ángel percibe ese acto de la ONU como una tregua temporera. Su grupo no pierde el tiempo y registra todo mientras se alejan de la costa. Ángel, toma el micrófono y reporta: "Un alto al fuego se está gestando en Israel. Como pueden observar, acaba de llegar el Cuerpo de Paz para comenzar las negociaciones. Hasta el momento no tenemos información ya que estamos bajo amenaza de la Coalición. Pero esperamos que el pueblo de Israel coopere con la ONU para resolver este conflicto y no hayan más muertes. Seguiremos informando sobre el desarrollo los sucesos".

El Coronel Collazo, un estratega mediador de paz, llega en helicóptero para hablar con Ahmed Zarei, General de la Brigada en Israel, sobre los acuerdos. Zareid, que lo espera sentado en una silla en el muelle, le dice:

- Coronel, tome asiento. He oído mucho sobre usted. En lo que a nosotros respecta, estamos dispuestos a escuchar lo que la ONU propone. Es más, esperamos que el presidente se comunique con nosotros para dialogar.

- Por supuesto- agrega Collazo-. Nosotros queremos abrir líneas de diálogo y acabar con este conflicto.

Lo que Collazo no sabe es que el presidente ruso va a iniciar el diálogo a través de una rueda de prensa que hará en vivo. El General recibe una videollamada de Socolov al instante. Saluda al General y se dirige a Collazo.

- Buenos días, Coronel. Usted es muy conocido por su mediación en La Nueva Venezuela, una persona que toma decisiones contundentes en medio de los conflictos. Quiero contarle a usted y al mundo entero porqué decidimos invadir a Israel- apuntó decidido a ser escuchado-. Primero, por el abuso de poder con los no judíos en su territorio. Es una nación, me corrijo, un estado agregado por la ONU en 1948 que nunca ha tenido paz. Las víctimas han sido humilladas y pisoteadas al quitarles las tierras sin ninguna explicación. Segundo, judíos y cristianos usan la Torá y la Biblia para que los musulmanes se unan a sus sectas, promoviendo un muro de incapacidad religiosa en la región y en el resto del planeta.

¡Basta de religiones que quieren pisotear el pensamiento filosófico de cada individuo!- profirió con vehemencia-. La raíz de la maldad en el mundo nace de las religiones. Piensen en todos estos siglos o, mejor dicho, en todos estos milenios de oscuridad por adorar el supuesto Dios que nunca trae la paz. La verdad de nuestros actos no depende de un ser superior, sino de cómo vivamos en armonía los unos con los otros. Nos sentaremos hablar y llegar un acuerdo en Bruselas pasado mañana. Yo declaro mi país como lugar no religioso de ahora en adelante- dispara con ira.

- Presidente. Como mediador, es preciso que respetemos la reunión estipulada por la ONU. Lo importante para el planeta es una paz genuina, no una paz a medias. Si le parece bien, recibirá respuestas en dos horas- expresó con calma.

Socolov aceptó; las palabras del mandatario ruso estallan por todos los rincones del planeta. Millones de personas por todo el mundo salen a las calles para protestar en contra de las religiones. En Spring Hill, Florida, los ateos acaban de crear una red terrorista con el nombre de los AACC (Ateos acabando con los cristianos) y su lema es terminar con el sistema disfuncional religioso.

A raíz de esto, el líder Andrew Watson, envió un comunicado por las redes sociales con una invitación directa: "Hermanos, hay que quemar toda propaganda religiosa que exista, limpiemos esta sociedad de una vez por todas". Su mensaje impacta en billones de personas por todo el mundo. Comienzan a quemar las biblias como muestra de repudio hacia los cristianos.

El presidente Silva habla a la nación sobre los sucesos recientes: "Ciudadanos americanos. Hemos emitido una orden de arresto para Andrew Watson, no toleraremos ninguna provocación por grupos extremistas que quieran dividir la libre determinación religiosa de nuestra nación ni a aquellos que provoquen disturbios. Respetamos cualquier creencia, sin importar la religión. Por otro lado, agradecemos el apoyo de la ONU y de su embajador por los esfuerzos de paz en Israel. Estaremos en la reunión en Bruselas para negociar nuevamente un cese al fuego y la retirada de la Coalición en el territorio de Israel".

El mandatario ruso, por su parte, se reunió con el grupo de la Coalición para aclarar sus dichos. Dice: "Señores, les pido paciencia sobre lo que acabo de decir. Mis declaraciones han tenido el objetivo de mostrarse como una estrategia para crear odio entre judíos y cristianos. Palestina será nuevamente una nación y habrá paz en el Medio Oriente. No retiraremos las tropas bajo ningún concepto ni presión por parte de la ONU", asevera.

Noticia Nacional con Ángel Pedraza desde el USS Obed (DDG-77).

"Saludos. Nos encontramos en la flota del Mediterráneo a unos 5 kilómetros de Haifa, Israel. Han transcurrido ya 7 horas del cese al fuego. El pueblo israelí está cansado de las invasiones a lo largo y ancho de su territorio y por el terrible saldo que esto deja: la muerte de niños inocentes, víctimas de los ataques que han provocado el furor por parte de los civiles. Según fuentes oficiales, hace pocos minutos, hubo una masacre por parte de los soldados invasores en Jerusalén. Los agentes arremetieron contra los protestantes israelitas cerca del Muro de los Lamentos por un judío que quería ingresar a pesar de las prohibiciones. Los presentes comenzaron a protestar por el cierre del oratorio, y se comenta que un joven escupió a un soldado iraní, este lo empujó con su arma, forcejearon, el muchacho cayó al suelo y recibió un disparo a sangre fría. Los espectadores comenzaron a arrojarles piedras a los soldados y ellos a disparar arremetiendo contra los civiles. Se estima que murieron 150 personas en el incidente. El secretario de la ONU pide que restrinjan la zona religiosa nuevamente para los judíos y musulmanes para evitar enfrentamientos como este mientras continúan las medidas sobre el tratado de paz.

Reportero Ángel Pedraza con la noticia. Regresamos a los estudios."

Peter Murphy está en escena con una entrevista imperdible.

- Saludos a todos nuestros televidentes. Nuestra cadena de noticias tiene a un invitado especial: Benjamin Davis, profesor de Historias bélicas de la Universidad del Norte de Palm Coast, Florida. Profesor Davis, es un placer que haya aceptado nuestra entrevista. Como primera pregunta: ¿Como piensa usted que van a terminar estos conflictos? ¿Estamos cerca de una Tercera Guerra Mundial?

Davis se quita los espejuelos y los limpia con un paño de microfibra mientras mira a Peter, toma una bocanada de aire que deja escapar lentamente, pone las manos en la mesa y anuncia:

- Lo único que puedo decir sobre todo esto que se está viviendo, es que no veo un futuro esperanzador. Tenemos a China en nuestro patio trasero con sus flotas y la invasión a Israel por parte de la Coalición rusa-iraní. Estados Unidos está en una posición de salvador y tiene que decidir a cuál de los dos defenderá. Pienso que por punto estratégico y por la derrota de ex dictador Granado, debería inclinarse por una defensa sobre La Nueva Venezuela. [2] La posición del Cuerpo de Paz de la ONU, por otra parte, será momentánea, ya que el plan de la Coalición es claro: sacar a los judíos de su tierra y crear una organización multinacional. Aporto un poco más de luz a esta última idea: quieren crear una potencia mundial, controlar los recursos energéticos y posicionarse como el gigante del Medio Oriente y Asia. Hay dos posibilidades de que no ocurra la Tercera Guerra Mundial. Primero, con la reintegración de los países que renunciaron a la OTAN. Hay muchos países de Europa que están en contra de la invasión a Israel; por cierto, el continente europeo puede ser invadido por la Coalición, ya que el propósito de ellos es la expansión absoluta. Sabemos de antemano lo que ocurrió en la Segunda Guerra Mundial, la Alemania Nazi expandió su imperio de poder por casi toda Europa. Si la OTAN se fortalece, puede ayudar a sacar a la Coalición de Israel y Estados Unidos tendría una ventana para atacar a las flotas Chinas para que se retiren de América.

---

[2] Ez. 38: 10-13

Segundo, un proceso de paz sería efectivo aceptando las condiciones de China y la Coalición, es decir permitir una diáspora masiva de los israelitas que están en Israel hacia Europa, Oceanía y a Estados Unidos mismo. Permitir que China se ocupe del petróleo de La Nueva Venezuela para que libere al presidente de Panamá y a los miles de secuestrados en el Canal de Panamá-. Davis llega a este punto de su intervención y suspira-. El futuro es incierto.

CAPÍTULO 13

LOS ATAQUES SIMULTÁNEOS CHINOS

3 de junio del 2029, 6:00 a.m.

Cafetería en San Juan. El Pastor Gamaliel está esperando a Jorge. El café está listo y el desayuno completo a punto de salir. Al instante, ingresa Jorge acompañado de su camarógrafo.

El Pastor mira a Jorge y esboza una sonrisa. Le dice:

- Ya me iba a tomar su café. ¿Cómo está?

- De maravilla, Pastor. Hace unos días fui a la iglesia con la familia y nos encantó.

- Ya verás cómo Dios los va a bendecir de ahora en adelante.

- Pastor, a mi familia y a mí nos preocupan los acontecimientos mundiales. Es evidente que estamos en una crisis peor que en el 2020 cuando surgió la pandemia. Veo que no tenemos salida.

- No se preocupe, Jorge- lo tranquiliza el clérigo-. Como le había dicho, según la Biblia, estamos en "principio de dolores", los que sigan a Cristo y cumplan con sus estatutos serán salvos. René mira al Pastor entre la lente de su cámara y piensa que lo que dice no tiene sentido. Interrumpe la entrevista un momento y lo interroga:

- Pastor, ¿qué sucedería si lo que usted dice no ocurre?, ¿y si todo lo que dice la Biblia es incorrecto?

- Remítase a las pruebas, René. Analice con cuidado todo lo que está ocurriendo. La invasión a Israel se encuentra en la Biblia en el libro de Ezequiel 38. Los países que forman parte de la Coalición también están en ese capítulo. El mundo se ha convertido en un caos absoluto; acontecimientos que por décadas los líderes mundiales han tratado de evitar, ahora son cosa del pasado. Las faltas de respeto al prójimo y la maldad ha crecido de forma exponencial. Hay un sinnúmero de profecías que se están cumpliendo al pie de la letra. Si nadie creyera en lo que digo y en lo que dice la Palabra de Dios, entonces moriré por mis ideales, con convicción. Esto no se trata de mí, se trata de proclamar un camino de salvación para los seres humanos- sentenció.

6:13 a.m. La primera y la segunda flota china envía 70 cazas a baja altura para atacar a Maracaibo y destruir una parte del puente de la ciudad con misiles. La acción militar deja incomunicados a los ciudadanos. Acto seguido, la fuerza aérea colombiana activó la alerta máxima y enviaron a 30 F-16 para la ofensiva. Los bombarderos chinos aprovecharon y por orden del almirante Tao Xú atacaron la infraestructura de la ciudad sin tocar la zona petrolera. Los F-16 colombianos se dividieron en 2 grupos para atacar a los aviones chinos. Esto tuvo efecto a 30 kilómetros de Santa Marta. Lo que la fuerza aérea no esperaba es que de la tercera flota enviaran a 25 cazas para unirse al combate.

Los cazas chinos acorralan a los F-16 colombianos y derriban a 18 de ellos; los demás, emprenden la retirada perseguidos por 95 bombarderos chinos. El piloto líder hace un llamado a la torre de control para pedir refuerzos, mientras acaban de derribar a 2 F-16 más. De repente, desde el horizonte se ven cientos de misiles enviados desde la Flota del Atlántico al norte de ellos, y desde Caracas el Frente Occidental de La Nueva Venezuela. Los americanos han contribuido enviando proyectiles por tierra y aire para acabar con el enjambre chino.

Desde las playas de Santa Marta, los bañistas presencian el espectáculo que se cierne sobre sus cabezas. Todos los misiles se dirigen a mar abierto y hacia los aviones chinos. Los cazas chinos detectan por radar los proyectiles acercándose a gran velocidad hacia ellos y comienzan la huida para no ser impactados. El Almirante Villafane ordena: "Desplieguen todos los aviones de la flota para atacar ahora. Hoy comienza la guerra", dice con ira.

Los cientos de misiles del frente Occidental comienzan a dar en el blanco y los cazas estadounidenses persiguen a los bombarderos chinos restantes. Van cayendo al mar uno por uno. Solo 7 de ellos logran escapar.

Desde Panamá, el ejército chino envía dos misiles hipersónicos con ojivas nucleares para la flota. Mientras, el almirante Villafane ordena poner el escudo marino para proteger a la flota. Uno de los misiles fue alcanzado por un F-35 destruyendo un área de 15 kilómetros y acabando con 15 cazas americanos; el otro misil hipersónico dio en el blanco pero en el domo del escudo, generando que una gran ola dentro de él dejara restos de un hongo nuclear por encima. Por fortuna no hubo daños en los buques de guerra. Desde La Nueva Venezuela y Colombia envían cientos de misiles a las flotas chinas. La flota americana tiene que estar en el domo por 30 minutos para que apaguen el sistema y puedan enviar misiles y permitir que los cazas se abastezcan.

El sistema de defensa de las flotas chinas es muy preciso, de los cientos de misiles que enviaron se necesitaron 8 para destruir un buque. Mientras, en Corea del Norte movilizaron a las fuerzas armadas para atacar las bases americanas en Japón. El sistema de defensa japonés pudo derribar 5 de los 7 misiles nucleares que iban directamente a las bases militares de Estados Unidos. Dos misiles destruyeron a la Ciudad de Yokosuka y la de Sasebo casi a su totalidad.

Noticiero Nacional con el reportero Brycen Smith reportando desde Washington.

"La Nueva Venezuela bajo ataque. Informantes refieren que las flotas chinas bombardearon Maracaibo y destruyeron parte del puente, lo que presiona el botón de guerra. Según fuentes, el ejército chino envió dos misiles supersónicos hacia la flota del Atlántico con bombas nucleares. El intento fue interceptado y frustrado gracias al sistema Naval que protegió a la flota. Varios bombarderos estadounidenses fueron alcanzados por el primer misil.

Hubo una serie de ataques a las bases americanas con bombas nucleares que lanzadas desde Corea del Norte. El líder norcoreano, Choi Yejun, dijo en un discurso que va a acabar con "cualquier parásito americano". Según la cadena de noticias de Japón hubo serios ataques en Sasebo y Yokosuka con bombas nucleares. Ahora pasamos al Palacio de Akasaka con el primer ministro de Japón. Haru Yoshida está hablando en una convocatoria de emergencia.

"Si Corea del Norte quiere guerra, ¡pues se la daremos!. Que se preparen para derrocar al régimen, hemos activado a todos los civiles desde los 18 años hasta los 40 para servir en el ejército. Iremos a Corea del Norte y estableceremos un gobierno temporal para que asuman una democracia absoluta. No estamos jugando esta vez, Choi Yejun, no esta vez"- dice con odio.

4 de Junio del 2029, 6:00 a.m.,

Jorge llegó primero a la cafetería para seguir entrevistando al Pastor. Ordenó el desayuno de Gamaliel tal como fue planeado y unos minutos después apareció el clérigo. Sonríe:

- Hoy llegué tarde.

- El desayuno está listo y el café también; estamos a mano- dice riéndose. Pero antes de que puedan siquiera iniciar la plática, el sistema de emergencia de radio difusión comenzó a emitir una señal de alerta.

"El Sistema de emergencia está en alerta máxima. Un tsunami se acerca por las costas del pueblo de Aguadilla. Busquen refugio en zonas alta y montañosas. Sigan los protocolos de evacuación. Repito, una emergencia nacional por impacto de tsunami. A las 6:07 a.m. la orden de evacuación se activó para todo Puerto Rico. Busquen refugios en lugares altos, esto no es un simulacro".

Un camarero que iba hacia una mesa a llevar café, dejó caer la taza. Los clientes están en silencio y conmoción tratando de digerir el momento.

El Pastor y Jorge están atónitos por la noticia cuando, de repente, se oyen los sonidos de muchos aviones que ensordecen el lugar.

Jorge le indica con nerviosismo y premura a Gamaliel que el resto de la entrevista deberá darse en otra ocasión pues ahora deben refugiarse y estar a salvo de cualquier ataque repentino. El Pastor paga el desayuno cuando de la nada se escucha una explosión. Distingue a lo lejos que el tope de un edificio de apartamentos acaba de ser impactado por un misil de un caza que no alcanza a identificar. Todas las personas salen despavoridas del lugar mientras dos proyectiles más impactan la zona hotelera del Condado.

Gamaliel trae a su memoria al instante la noticia del tsunami y sabe que tiene que irse tierra adentro para no ser una víctima. Los minutos pasan y puede divisar en el horizonte a 15 aviones cazas acercándose a la zona turística de San Juan. Busca abrirse paso en la carretera convulsionada para regresarse lo más rápido posible a su residencia en la ciudad de Guaynabo. Entiende que, en medio del caos reinante, la policía no va a perder el tiempo para hacer infracciones así que, como puede, entre bocinazos e improperios de los conductores, está llegando al puente Teodoro Moscoso a contramano.

Mientras lo cruza a toda velocidad, los bombarderos descuelgan 10 misiles en dirección al puente. Detrás de él la escena es de terror y casi apocalíptica: ve cómo los vehículos salen volando por el impacto. El puente iba cayendo poco a poco y el pavimento se levantaba mientras se retorcían las columnas. Era como si Steven Spielberg estuviera rodando una película del fin del mundo. Al fin, logra escapar.

Cuando estuvo fuera de peligro, llamó a su esposa y le dijo que prepara a los niños ya que se trasladarían al hogar de uno de sus tíos para refugiarse. Ella tomó su auto y conducirá hasta encontrarse con él en un lugar fuera de Guaynabo. En uno de los trayectos, el eclesiástico miró por el retrovisor y observó aterrado la gran mole de agua aproximándose; es gigantesca y pasa por encima de los edificios. Por los nervios y temiendo por la seguridad de la familia, sigue acelerando mientras conduce por encima de la grama de la autopista. La esposa lo espera en el centro comercial de Monte Tierra en la parte más alta.

Aún no ha llegado a destino pero puede ver cómo los vehículos a cierta distancia son golpeados y devorados por el tsunami. La ola corre a gran velocidad mientras él se acerca al centro comercial. De repente, se detiene pero el pastor sabe que tiene que irse de la zona aprovechando esa quietud, así que llama a su esposa para encontrarse directamente en la casa de su tío en el Barrio Beatriz de Caguas. Es un lugar con una buena elevación y seguro para la familia.

El tío de Gamaliel no tarda en darle el parte del día: "No tenemos comunicación, unos aviones acaban de derribar las antenas de comunicaciones del Cerro La Santa; todo Puerto Rico está incomunicado y hay fuego por toda esa área", dice con nerviosismo.

Jorge y René escaparon al pueblo de Naranjito, a la parte montañosa. Se estima que por el tsunami y los bombardeos hay más de 700.000 muertos. La ola del tsunami alcanzó una altura de 500 metros entrando a 10 kilómetros tierra adentro y acabando con todo en su paso. Diez minutos después llegó a San Juan ingresando 15 kilómetros por toda la llanura. Nadie estaba preparado para ese nuevo conflicto. En solo 30 minutos arropa todas las costas de Puerto Rico.

Noticiero Nacional reportando desde Washington con Brycen Smith.

"El congreso está reunido con el presidente a puertas cerradas. En el momento en que ocurrió el tsunami en Puerto Rico, un satélite estaba escaneando el mar Caribe cuando ve una gran explosión en el mar cerca del pueblo de Aguadilla. Se sospecha que el tsunami fue producto de un torpedo nuclear enviado por la cuarta flota de china que está a escasos kilómetros de San Juan. China envió a sus aviones de combate para atacar a Puerto Rico antes del tsunami para crear caos en la isla. Según fuentes en China, Yang Wang envío a un grupo de científicos para explotar un gran yacimiento en Puerto Rico. Mientras tanto, el gobernador de Puerto Rico, Omar Galarza, se encuentra en un lugar secreto en la isla para evitar que no le ocurra lo mismo que al presidente de Panamá. Se teme que ocurra un ataque masivo por parte de China para enviar sus tropas y ocupar la totalidad de ella. En estos momentos vamos a dirigirnos al cuarto de prensa para escuchar al presidente Silva".

El Presidente llega azorado y furibundo a la rueda de prensa. Su cara está transformada mientras los reporteros perciben un clima de tensión en el lugar. Silva exclama: "¡El tiempo de ser una nación buena se acabó! Tenemos que decidir como pueblo si vamos a permitir que nos pisoteen o si vamos a actuar. Propongo que creemos un bono de guerra para poder vencer al enemigo. El comportamiento de los estados que atacan con vehemencia nos lleva a plantearnos si es inevitable pensar que esto no es el inicio de la Tercera Guerra Mundial. Les pido a las demás naciones y, por supuesto, a la OTAN que se unan con compromiso y responsabilidad. En estos momentos de oscuridad, los países del mundo deben de estar unidos en un solo sentir pues nuestras libertades a partir de hoy están en la cuerda floja.

A usted, Wang, le digo que el ataque que ocasionó a Puerto Rico, fue la forma más cruel y salvaje que ha cometido y lo digo sin miedo a errar. Sus días están contados. Han muerto 750 mil personas inocentes, según estimaciones, y tendrá que pagar por cada ciudadano muerto. ¡Será muy caro el precio de su tiranía!", dice con odio.

Los ojos del mundo están expectantes por lo que acaba de decir Silva y están buscando cómo prepararse en caso de un ataque. Los países que dejaron la OTAN están buscando la forma de reintegrarse para defender a sus países.

El secretario de la ONU, Efraín Martínez, hace una reunión de emergencia. Dice:

« Convoqué esta reunión para darle el siguiente comunicado a China: desde este momento será un país no grato y los países miembros que no están de acuerdo serán expulsados de su participación. ¿Cómo van a ser una superpotencia soberana si por su hambre de poder exterminaran a la población mundial?. No podemos fingir que no está pasando nada. Mañana haremos otra reunión para ver si hay un avance en el acuerdo de paz que aceptó la Coalición rusa-iraní. ¡Ya basta de abusos de poder! ¡No más muertes por una causa sin justificación!", dice con tristeza.

Estados Unidos enviará en los próximos días un satélite militar con armamento de alta tecnología a fin de destruir a las flotas chinas.

12:30 p.m.

Emilio, el Padrino, está en su casa reunido con Cory, El Kaki y Joel. Dice:

-Acabo de recibir información de que China envió a miles de paracaidistas y de vehículos en el norte de San Lorenzo. Sé que no hay comunicaciones por la destrucción de las antenas, así que será un desafío reactivar al grupo de los 80 en tan solo 30 minutos. La reserva del ejército está en La Nueva Venezuela, contamos con la policía y con nuestros grupos para acabar con los chinos.

- Padrino- dice Cory-, ya reuní a 250 del grupo; correremos la voz para acabar con ellos.

El Padrino habló con el Jefe de la Policía del Distrito de Caguas, el Comandante Luis Carmona, para unir fuerzas y acabar con los invasores. Es la primera vez que el cartel y la policía están trabajando en conjunto. Este hombre es una persona respetada en Puerto Rico y en La Nueva Venezuela. Kaki fue al lugar secreto del Padrino para sacar todo el armamento. Y se estima que su artillería es tan grande que armaría a un ejército de 20.000 hombres.

Mientras, China ya ha preparado un ejército de 10.000 hombres en la Ciudad de Caguas y en el norte de San Lorenzo. Su misión es secuestrar a Omar Galarza para evitar que los americanos planeen un ataque sorpresa. Lo que desconocen es el valor que tienen los puertorriqueños y más en una situación de invasión les responderían con todo sin importar las consecuencias. Nunca los verían de rodillas porque su orgullo patriótico es más sólido que cualquier acto de cobardía.

CAPÍTULO 14

EL GRAN ATENTADO DE BRUSELAS

El 5 de junio del año 2029, se produjo una intensa tensión en la sede de la ONU en Bélgica. La reunión, que comenzó a las 9:00 a.m., contó con la ausencia de China y de los países de la Coalición rusa-iraní. Tomando en cuenta ese hecho, fueron más que evidentes sus intenciones de protesta y rebelión.

"Dado que no se encuentran presentes y por las circunstancias adversas de público conocimiento- sentenció el secretario de la entidad-, nos veremos obligados a votar sin la autorización de todos los países implicados. No permitiremos que su comportamiento ilícito sea un detractor de la paz mundial. Por lo tanto, nos reuniremos a las 11:00 a.m. para decidir si vetamos a China como un miembro activo y, además, si consideramos que debe permanecer en la alianza."

Yang Wang activó el grupo de fuerzas especiales, los llamados Dragones Marinos, que se encuentran de incógnitos en Bruselas. Su misión es destruir a la Sede de la ONU y acabar con el secretario.

En Puerto Rico, los 80 ya han reclutado a más de 60.000 personas en condiciones de atacar a los soldados chinos por sorpresa, mientras que los invasores suman alrededor de 100.000. Han arribado de todas partes con el fin de aprovechar el asalto, y además, Yan Wang ha dado un plazo de 24 horas para que puedan capturar al gobernador. Entre ellos se comenta que el Señor Galarza se encuentra en un sitio conocido como Campamento Guavate, ubicado en un búnker secreto junto a su familia y altos funcionarios del gobierno.

Los chinos comienzan a establecer bloqueos con sus vehículos en las carreteras que van hacia el lugar, ya que este es montañoso y tienen controladas todas las vías que conducen al Campamento. Las fuerzas especiales de los Navy SEALS del Comando Sur arribaron en paracaídas por el pueblo de Patillas, una zona boscosa, con el fin de agruparse con los 80. El Padrino, mediante su dispositivo móvil satelital, les informa acerca de su ubicación aproximada. Los 80 están llegando al barrio Espino de San Lorenzo y, por el kilómetro 14 de la carretera 181, se encuentran con un gran convoy chino que bloquea la carretera por el kilómetro 14.

El Padrino está en un vehículo preparado y blindado por Kaki, su tercero al mando. Le dice a este: "Adelántate y haz un giro de 180 grados; voy a probar a mi nuevo bebé», dice con emoción casi pueril. Kaki lleva a cabo la maniobra y Emilio prepara su arma mientras los chinos comienzan a disparar. Saca el instrumento inusual por la ventana y dispara; señala a los 80 que están viendo para que se retiren. La bala es parecida a una pelota de tenis, los soldados la ven rodando hacia ellos y la observan estupefactos. A 20 metros de su ubicación, explota con una potencia de 10 kilotones de dinamita, lo que provoca un fuerte impacto en el convoy, y además, la muerte de 5.000 soldados chinos. Un cráter ha sido demolido por la poderosa onda expansiva.

- ¡Qué maravilla!, exclama Cory dirigiéndose al Padrino. Ahora, ¿cómo podremos atravesar la carretera con ese gran hoyo que has hecho?.

El Padrino se rasca la cabeza, sonríe y le dice:

-Tenemos que marcharnos por otro lado, por lo menos son menos soldados, vamos por la carretera siguiente.

Mientras los 80 continúan combatiendo a los invasores, en Bruselas el grupo de los Dragones Marinos está en las inmediaciones de la sede de la ONU. Acaban de asesinar a los guardias que protegían las instalaciones mientras otro equipo de las fuerzas especiales trajo bombas potentes para dinamitar el edificio y enterrarlos a todos. Son las 10:30 a.m. y las votaciones comenzarán en 30 minutos. El secretario siente la necesidad de llamar a su esposa antes de cerrar el asunto. Expresa:

- Cariño, tengo un mal presentimiento sobre estas votaciones. Espero sinceramente que todo salga bien.

- Sí, la verdad tienes una gran carga sobre tus hombros. También espero que esto se termine en el menor tiempo posible.

Son las 10:50 a.m. y ya se han instalado las bombas en todo el recinto. El presidente Yan Wang observa y aguarda la explosión en una gran pantalla de monitor desde el centro de guerra de Shanghái. Les recuerda a sus generales: "Nunca subestimen el poder de China".

El secretario de la Organización de las Naciones Unidas, Efraín Martínez, está a punto de iniciar la votación pero antes expresa: "Estamos en cumplimiento de lo previsto en un momento histórico para el planeta. Decidiremos si se efectuará una expulsión de China como miembro de la alianza". De repente, mientras el hombre todavía habla, una explosión inunda gravemente los pasillos. Algunos presentes corren despavoridos tratando de salir mientras se abren paso entre una gran cortina de humo que borbotea.

De pronto, una segunda explosión de gran magnitud estalla en el auditorio y, desde las cámaras de grabación, se percibe la devastación. De pronto, se produce una distorsión en la imagen emitida y se desvanece la transmisión. La sede de la Organización de las Naciones Unidas, sita en Bruselas, ha sido demolida. La sed de venganza a escalas inusitadas está empezando a encender por los ataques. El mundo jamás volverá a ser igual.

Yan Wang celebra con cinismo el ataque y repasa su lista de quehaceres. Dice: "Ahora solo queda seguir con el plan del control de Puerto Rico y del petróleo de La Nueva Venezuela". Lo que Wang no sabe es que debajo de podio de Las Naciones Unidas hay una escotilla que conduce a un túnel que conecta con la calle d'Arlon. Efraín logra salir con 15 miembros de la ONU mientras las alarmas en todo Bruselas reflejan el miedo y la incertidumbre de la ocasión. Entre los representantes había varios presidentes también por lo que el ataque realmente genera zozobra y confusión en la población.

Las ambulancias y el cuerpo de bomberos acaban de llegar al lugar. La gran nube de humo hace casi imposible la visibilidad del edificio; los oficiales de la Interpol encuentran a Efraín y su séquito cerca de la calle du Trône. El oficial a cargo se acerca en su vehículo y se presenta: "Soy el oficial Guillaume Jacobs. Los escoltaremos hasta el edificio de la Interpol para protegerlos en caso de otro ataque".

En el mismo instante en el que entran en los vehículos, 4 de los Dragones Marinos comienzan a disparar para dar con Efraín. Los oficiales de la Interpol contrarrestan el ataque mientras lo mantienen a salvo y se alejan del lugar. Guillaume llamó a la central para que activaran el protocolo de defensa. La unidad policial local se encuentra en las proximidades del edificio de la Interpol. Cinco minutos después llegan y forman una barrera humana fuertemente armada. Los 4 miembros de los Dragones Marinos se alejan del lugar y hay más de 60 oficiales y policías defendiendo al secretario.

Efraín ingresa a un cuarto especial. El peligro ha pasado. Sin embargo, no deja de preguntar con un dejo de susto y confusión:

- ¿Qué sucedió con la sede? ¿Quienes cometieron este ataque terrorista?

- Señor secretario,- interviene Guillaume- estamos buscando a los responsables aún. Lo que le puedo decir es que sospechamos que los perpetradores tienen rasgos asiáticos por algunas características de su modus operandi, pero hasta no investigar correctamente, no podemos sacar conclusiones precipitadas. Pero no se preocupe, señor secretario, lo protegeremos.

Noticiero Nacional interrumpe la programación regular con un boletín de última hora.

"Bruselas bajo ataque. Otro día de oscuridad se cierne sobre el planeta tierra ya que hace una hora aproximadamente, se estima que más de 400 miembros de la ONU, incluyendo a los empleados, han muerto por el ataque en la sede. Se sospecha que el secretario está muerto ya que se encontraba en la convocatoria del organismo. Mientras tanto, han comenzado largas filas a nivel mundial por la falta de comida. Esto anticipa un desplome mundial. Para complicar más el panorama, los productos agrícolas se encuentran cada vez más escasos y las guerras y los ataques nucleares han generado un incremento de las temperaturas muy alarmante. Muchos ríos en todo el mundo están a punto de desaparecer y la inquietud acerca del río Éufrates está aumentando pues la agricultura en la zona está a punto de desaparecer.

En Puerto Rico, la flota del Atlántico que se encuentra a 5 kilómetros de la nueva costa de Río Piedras, era un área comercial importante pero se ha convertido en un puerto precario debido a los derrumbes ocasionados por el tsunami nuclear. Los daños de este cataclismo y de los bombardeos alcanzan los 50 billones de dólares, según estimaciones recientes. La devastación es enorme, y los niveles de radiación en las aguas ubicadas en la isla son de magnitudes mortales. No se recomienda que se acerquen a las costas y que se escondan de los invasores en las montañas, ya que se están controlando a varios pueblos, incluyendo a algunos Barrios de Guaynabo. Las fuerzas armadas enviarán más barcos de rescate para transportarlos a República Dominicana. Con ustedes, Brycen Smith, desde los estudios del Noticiero Nacional".

Efraín solicita que se lo ponga en contacto con el presidente Silva. Un agente de la Interpol establece la conexión.

- Señor Silva, ¿cómo está?

La llamada sorprende sobremanera a Silva, quien creía que el interlocutor había muerto en el ataque. Cuando se recupera, dice:

- Las agencias de inteligencia están investigando sobre el origen de los terroristas. Como es consciente, su existencia está en peligro. Si está de acuerdo, podemos transportarlo a un lugar seguro en la base del ejército en Alemania para protegerlo.

Efraín piensa unos segundos y le responde:

- De acuerdo, pero necesito que también trasladen a mi esposa, y que ayuden a los 15 miembros sobrevivientes a salir de aquí también- dice con preocupación.

- Sus deseos son órdenes. Enviaremos a un convoy blindado para allá y nos pondremos en contacto con su esposa. Señor secretario, cuídese mucho.

Efraín le da el teléfono al agente de la Interpol y comunica a los miembros sobrevivientes:

- Caballeros. El presidente Silva enviará vehículos blindados para que podamos abandonar este lugar, dice con alegría. Los 15 miembros se emocionaron por la noticia y comenzaron a prepararse para irse.

El presidente Socolov recibe una llamada de Yang Wang, quien se adjudica el atentado. Habla casi con sadismo y emoción:

- Señor presidente, un cordial saludo desde Shanghái. Tengo un plan estratégico para poner fin a los Estados Unidos y la ONU, para convertirme en el propietario del mundo. El ataque a la sede de la ONU en Bruselas, fue nuestro. Le exhorto que envíe un misil hipersónico a Bruselas y asesine al secretario, quien aún se encuentra con vida. Efraín logró escapar. Y, si está de acuerdo, formemos un sistema gubernamental para controlar el poder si está de acuerdo. La voz detrás del intercomunicador toma asiento y respira profundamente, tanto que se oye del otro lado. Dispara:

- Voy a proceder con la operación. Mande ubicación.

- Edificio de la Interpol en Bruselas, dice Yang Wang.

7:30 p.m. El convoy estadounidense está a 10 kilómetros de Bruselas; el oficial jefe llama a la Interpol para avisar sobre su llegada e informar la estrategia de abordaje al vehículo de rescate.

"Gracias por todo oficiales,- dice Efraín a Guillaume- estos tiempos difíciles requerirán de mano dura para acabar con los enemigos. En ustedes descansa un ejemplo de lealtad a los derechos humanos."

7:45 p.m. Un satélite estadounidense de rastreo de misiles acaba de detectar un proyectil proveniente de Smolensk, Rusia, con trayectoria hacia Europa. La cúpula de defensa de Polonia lanzó el sistema de defensa antimisil sin éxito. El misil hipersónico superó las expectativas en cuanto a velocidad, alcanzando una de match 15 (18370.662 km h) y cruzando sin ningún problema. El convoy está a 5 kilómetros de Bruselas cuando, de pronto, sobre sus cabezas ven al misil pasando a gran velocidad e impactando estrepitosamente.

Al momento del impacto, Efraín estaba dirigiéndose con el grupo a la puerta principal del edificio de la Interpol. Oye un fuerte sonido que le parece conocido, gira su cabeza a la izquierda y ve acercarse el objeto autopropulsado en dirección a ellos. No hay tiempo de correr ni refugiarse. Efraín dice, casi de forma inconsciente: "Que Dios nos proteja", y todo explota. Los efectos del incendio alcanzan tres cuadras a la redonda. Los soldados del convoy de rescate aumentan la velocidad de los vehículos para llegar al lugar de impacto. Los civiles cercanos al área corren por las calles despavoridos, gritando por ayuda. Los soldados, conmocionados, tienen un solo objetivo: llegar al edificio de la Interpol.

La devastación y muerte acaban de ocurrir. El oficial a cargo llama a sus superiores para comunicarles la noticia. Un soldado que está ayudando a algunos civiles a alejarse del lugar, profiere en silencio: " Oh, Dios, que no empeoren las cosas".

CAPÍTULO 15

LA VENGANZA AMERICANA

7 de junio del 2029, 3:33 a.m. hora del este.

La coronel Silva está a cargo de una importante misión: atacar los puntos claves vitales de Yang Wang en Panamá. Hay 10 F-35 americanos a toda velocidad dirigiéndose a la capital. Juleica comunica por la radio a sus superiores:

- Objetivos a la vista. Esperando órdenes para lanzar el misil, enjambre de drones.

El General a cargo le responde:

- Afirmativo, ¡que comience la fiesta! Hagámonos sentir, dice emocionado.

Los F-35 vuelan a 30 metros del suelo, los misiles son lanzados mientras los aviones se regresan a gran velocidad para alejarse de los sistemas anti defensas y del radar.

Los proyectiles llegan hasta donde están los lanzamisiles chinos y se abren en el aire lanzando a más de 1.000 mini drones manejados desde una base de la fuerza aérea en el desierto Mojave, California. Los soldados chinos de la guardia nocturna en la base provisional cerca del Canal de Panamá, se percatan de algo extraño en el cielo. Avisan rápidamente a sus superiores por la radio. Sin prolegómenos, 5 drones se acercan a los soldados y detonan matándolos en el acto. En el Palacio de las Garzas, los soldados están en sobre aviso y aguardan a los drones para derribarlos; lo que ellos no saben, es que 400 drones se aproximan al Palacio.

Yan Wang menospreció a los americanos, no supo que ellos siempre tienen un as bajo la manga. Poseen artillería diversa: drones, bombas y armas automáticas listas para acribillar a los soldados invasores. En tanto que los chinos disparan a las aeronaves no tripuladas desde el techo del Palacio, detrás de ellos hacen presencia   los drones americanos y estos ejecutan a 300 soldados. Los que tratan de huir se montan en los vehículos, pero sin resultados pues los drones caen en picada hacia ellos, destruyendo todo. Acto seguido, desde un satélite militar en el espacio, acaban de lanzarse los proyectiles domo con bombas nucleares para aniquilar las 4 flotas chinas.

3:45 a.m. La flota del Atlántico está en la costa de Río Piedras despachando provisiones y armamento para los 80. Se envía a todos los aviones de combates cerca de la cuarta flota china. Los 4 misiles del satélite ya han pasado la estratósfera y, al momento de ingresar a la tropósfera, se separan las cabezas de los proyectiles. Un pequeño misil nuclear de 5 megatones reduce la velocidad para tener una distancia válida de detonación y activar el domo. A 5 kilómetros el arma explota creando un campo de fuerza en un radio de 10 kilómetros, mientras que, a 500 metros de altura sobre las flotas, los demás explotan.

Las flotas chinas acaban de ser arrasadas en su totalidad. Las bombas desintegraron a todos los buques y con el domo protegen a la vida marina fuera de él. La burbuja protectora puede retener la radiación de las bombas nucleares hasta por diez años.

5:00 p.m., hora de Beijing. Estados Unidos envía 50 misiles hipersónicos a las bases de lanzamientos de China con 5 ojivas nucleares de 5 megatones cada uno.

5:10 p.m., hora de Shanghái. China activa el protocolo antimisiles y comienza a lanzar los suyos por tierra y aire para detener los americanos.

5:35 p.m. Los misiles comienzan a llegar al continente asiático destruyendo poco a poco a los objetivos. China no puede repeler el ataque, solo derribó 7 misiles hipersónicos.

Yang Wang es enviado a un búnker secreto y allí los generales le dan un informe de situación. El mandatario arremete con furia :

- No es posible que los americanos se burlen de nosotros- dice mientras golpea la mesa. Hemos perdido muchos barcos, más tecnología militar para dar otra ofensiva. Debemos usar todos los recursos militares que tengamos para defender a China.

Entretanto en Panamá, los aviones de transporte de las fuerzas armadas americanas envían 10.000 soldados para rescatar al presidente. Los soldados chinos que siguen con vida, sacan al presidente Segismond a un lugar secreto para negociar su entrega con los Estados Unidos.

6:30 a.m. Un satélite de reconocimiento de la fuerza espacial acaba de localizar al presidente Segismond y le informa al secretario de defensa. Este habla con el general Reed:

- Hemos encontrado al presidente a 10 kilómetros del canal. Hagan lo que hagan, no permitan que los soldados invasores lo asesinen.

Reed le contesta:

- Recibido. Lo traeremos con vida, secretario.

Segismond, al resguardo aún, dice a los soldados:

- Caballeros, es un hecho que los americanos están ganando la guerra. Deberían liberarme para hablar con ellos, así podrán salir airosos del contraataque.

El líder del grupo chino pregunta sin vacilar:

- ¿Qué garantías tienes de que los americanos nos perdonen la vida?.

- Ninguna, pues, pero puedo hacer todo lo posible para que salgan bien de esto.

7:45 a.m., hora de Panamá. Las fuerzas especiales están a 20 metros del escondite de Segismond. El oficial a cargo enciende el altoparlante y dice en mandarín:

- 士兵们，交出武器并投降(Soldados, entreguen sus armas y ríndanse)

El presidente desde el interior, grita:

- Oficial, le habla el presidente Segismond, los soldados quieren negociar la rendición.

- Por supuesto, queremos que todo salga de la mejor manera posible- deja claro el que está al mando.

Segismond se dirige a los soldados chinos: "Escucharon lo que dijo el oficial americano, dice en alta voz. Voy a permitir la entrada al oficial si están de acuerdo". El líder del grupo acepta, el presidente llama al jefe de la operación y él entra al lugar mientras los demás soldados americanos apuntan hacia el edificio.

El oficial americano dice:

- Estoy desarmado, dialoguemos para terminar con esta situación. Señores, les propongo inmunidad temporal y traslado a una Base Naval en Virginia con la condición de informarnos sobre las maniobras de Yang y de renunciar al régimen chino. Traeremos a sus familias con la garantía de seguridad durante el traslado hasta que aterricen en Virginia. Operación que, desde luego, será estrictamente confidencial. Saldré unos minutos para que puedan acordar una decisión unánime.

Segismond se dirige a los soldados chinos:

-Si logramos salir de aquí con vida, Yang los acusará de traidores y desleales al gobierno. Pero si aceptan los términos, yo mismo viajaré con ustedes hasta Virginia. Piensen en el peligro en el que están sus familias en China.

El líder del grupo reúne a los demás soldados para dialogar. Un minuto después ya han tomado una decisión:

- Aceptaremos; diremos todo sobre el régimen. Cuando nuestras familias estén en Virginia, tienen 48 horas para trasladarlos al punto de encuentro y entonces, allí recién, hablaremos.

Comunican el acuerdo al líder americano, se sientan en tres sillas provisionales para establecer la legalidad del convenio.

- Me parece justo lo que piden- dice el cabecilla. Soy un hombre de palabra. Lo que va a pasar será lo siguiente: como usted, señor presidente viajará con nosotros, vamos a informar que su búsqueda sigue en pie. Así el gobierno chino no creará sospechas ni moverá las fuerzas armadas en Asia para sacar a sus familiares.

El coronel chino interviene:

-Muchas gracias, capitán, cooperaremos con toda la información que necesite.

- Salgan marchando hacia afuera, demanda el capitán. Hagan dos filas para entrar a los vehículos. Es parte del protocolo de seguridad.

8:30 a.m. 25 soldados chinos salen del lugar marchando con el coronel al frente. Los soldados americanos, por respeto al rango del coronel, hacen el saludo militar y este siente alivio. Sabe que el capitán ha cumplido su palabra.

Aunque los soldados chinos están un poco nerviosos, por otra parte, están tranquilos por las condiciones que se han establecido. A las 9:45 llegan a la costa mientras ven aterrizar a dos helicópteros de la marina que los enviará al portaviones USS Liberty. Alrededor de las 11:35 llegan al barco con una gran cantidad de soldados en cubierta, incluyendo al Almirante 5 estrellas Julián J. Villafane.

Segismond baja antes que los soldados para saludar al almirante, lo abraza y le dice:

- Hola primo, ¡qué gran recibimiento!. Te informo que hubo un diálogo por parte de los americanos y los soldados chinos; me ofrecí como voluntario para llevarlos a Virginia y de este modo me encontraré con el presidente Silva.

- Primo querido, cuando sabía que venías me emocioné. Me alegra que estés con vida, no te preocupes que van a estar bien. Obviamente, estarán encerrados mientras llegamos a Virginia y solo el coronel chino podrá ingresar y salir con libertad, ya que, de lo contrario, podría suponer un peligro para la nación.

Un soldado se acerca al presidente y le dice:

-Señor, el Almirante dijo que después de descansar lo acompañe al comedor de oficiales. Acepta la invitación de su primo y llega al camerino para dormir un rato.

1:30 p.m. Veinte aviones de combate chinos están a punto de atacar a las petroleras venezolanas; los pilotos los estrellarán al estilo kamikaze. No tienen a dónde ir, ya que las 4 flotas están destruidas.

1:35 p.m. La armada colombiana detecta a los aviones chinos y envía a 10 F-16 mientras avisan al general de frente occidental de La Nueva Venezuela sobre el avistamiento. Rápidamente envían a 15 F-16 estadounidenses para derribarlos y activan el sistema de defensa. Cuando los aviones están a 5 kilómetros de las petroleras de Izan, un oleaje de misiles aparece en los radares chinos y los pilotos comienzan el protocolo defensivo. Lo que no se percatan es que desde la retaguardia también se están formando en fila para acorralarlos.

El piloto líder del escuadrón grita: "¡Es una trampa! ¡Emprendan retirada! ¡Maniobras evasivas!.

Los aviones van cayendo como si de un espectáculo de juegos artificiales se tratara y los pilotos eyectan sus asientos para evitar morir. Un destructor americano los recoge y se convierten en prisioneros de guerra.

4:00 p.m. hora de Panamá. Un soldado de la marina toca la puerta del camerino para avisarle al presidente Segismond sobre la póstuma reunión en el comedor de oficiales. El oficial llega acompañado del presidente a la puerta del comedor. Este último queda petrificado cuando, al abrir la puerta, su hermana Antonella le da el recibimiento. Comienzan a llorar profusamente y se abrazan.

- Aún estoy aquí con vida. Me tendrás que soportar por el resto de tu vida, dice él entre sollozos y risas.

Antonella le da un pellizco en el brazo izquierdo y le devuelve:

- Sí que eres muy terco, Rigel.

El Almirante después de observar la escena, refiere:

- Espero que te haya gustado la sorpresa, primo. Yo tengo que ir al centro de mando. Los dejo para que se pongan al día.

CAPÍTULO 16

INVASIÓN DE JAPÓN A COREA DEL NORTE

9 de junio de 2029. El primer ministro Haru Yoshida da la orden de ataque a las bases militares y el aeropuerto de Corea del Norte.

10:00 a.m. hora de Pyongyang. La población de Corea del Norte escucha un sonido ensordecedor. Los cazas norcoreanos están siendo destruidos por misiles japoneses, los vehículos blindados abundan por doquier y millones de soldados marchan hacia las costas para defender el país en caso de una invasión japonesa.

El general de brigada Yoon Hwan, de Corea del Norte, pronunció en un mensaje a sus soldados: "Japón está repitiendo la historia del terror, solo les importan los intereses de los americanos. Por ningún motivo debemos ceder nuestras tierras. ¡Moriremos por nuestra nación de ser necesario!. Desplieguen los misiles nucleares para atacar a Tokio", ordena iracundo.

12:15 p.m. Desde dos submarinos norcoreanos lanzaron cuatro misiles de 15 megatones cada uno hacia Tokio. El objetivo, el debilitamiento del sistema financiero y la moral del pueblo japonés.

12:21 p.m. El destructor USS Obed detecta en los radares el lanzamiento de los submarinos y alerta a todas las bases y los buques de toda Asia. Lanzan 15 misiles Patriots Ultra de alta tecnología para crear una cortina de fuego y así detener el avance y destruir a los proyectiles.

12:25 p.m. Los Patriots destruyen los misiles con éxito; sin embargo, la detonación de los nucleares alcanzó un diámetro de destrucción de 120 kilómetros en el mar de Japón.

1:47 p.m. El fuego de los soldados norcoreanos es percibido desde las costas hacia los buques de guerra de Japón.

Los Estados Unidos atacan con furor a la batería norcoreana desde sus cazas; los japoneses tocan las costas y despliegan a sus soldados por toda la playa para eliminar al enemigo. Más de 300.000 entre soldados japoneses, estadounidenses y filipinos participan en la operación "Cabezas rodadas". Esta es la más grande del siglo XXI en Asia, retrato al estilo Normandía.

3:23 p.m. Ya en el bando de Corea del Norte se registran más de 150.000 muertes debido a los ataques relámpagos y, en la facción de los aliados, 56.000.

7:00 a.m. El Noticiero Nacional con el reportero Brycen Smith tiene a varios invitados especiales.

- Bienvenidos a nuestros estudios. Les habla Brycen Smith con varios expertos para hablar sobre los ataques simultáneos por parte de los Estados Unidos y sus aliados. Tenemos al comandante retirado de las fuerzas especiales de los Navy SEALS y experto en geopolítica bélica, Michael Stuart. Buenos días, comandante.

Stuart saluda :

- Buenos días, Brycen, y gracias por la invitación.

- Tenemos también al congresista Gregory Simmons,-continúa el periodista- experto en conflictos bélicos y un estratega en momentos de emergencia nacional. Buenos días.

- Buenos días, Smith y a los televidentes.

Brycen mira por unos instantes a los invitados y hace la pregunta temida:

- Caballeros, ¿estamos a punto de una extinción de todo ser viviente en este planeta?

Stuart toma la palabra en primera instancia:

- El reloj del fin está cerca. Es evidente por los acontecimientos que se han suscitado desde el año pasado. Empezando por el conflicto de Venezuela que desató furor mundial, la carrera por el poder entre los países, la invasión y la futura limpieza étnica de los israelitas por parte la Coalición rusa-iraní. Por otro lado, China, con sus intervenciones bélicas en el continente americano y más recientemente, la invasión a Corea del Norte liderada por Japón. Mi experiencia me indica que no hay esperanza de una pronta solución para esta guerra. Estamos en los albores de una Tercera Guerra Mundial y ya contamos con grandes cifras de muertes en tan poco tiempo: más de 15 millones de muertes y eso seguirá aumentando. Además, no debemos soslayar los millones de refugiados y desplazados en todo el globo terráqueo producto de las guerras y las devastaciones debido a los ataques nucleares.

Simmons suma algunas líneas al análisis que acaba de hacer su compañero :

- Estoy totalmente de acuerdo con el comandante. No hay marcha atrás para una paz próxima. El plan de Estados Unidos con la población se encara a lo siguiente: la aprobación del bono de guerra para ayudar a los soldados esparcidos por todo el mundo; implementar el control de alimentos, ya que, como saben, casi no hay mano de obra de hombres y mujeres por el hecho de que ambos sexos están afectados obligatoriamente por la constitución para ir a la guerra. Solo quedan los menores de 18 y los mayores de 45 años que están en las factorías de armamentos y de tecnología. Un 5 % de la población se está adiestrando para la agricultura y la ganadería. El problema con el que tenemos que lidiar es el gran aumento de las temperaturas en el planeta. Los embalses de la nación están en fase crítica, a punto del colapso por la falta de lluvia y la radiación consecuencia de los ataques nucleares que están contaminando el suelo. Evitar un colapso irreversible dependerá de cada ciudadano de esta nación y del mundo. La hambruna está tocando la puerta. Ganar la guerra permitirá reconstruir un nuevo sistema de gobierno en el que rija paz entre todos los intervinientes. Es de público conocimiento cómo China atacó vilmente a la sede de la ONU y asesinó sin reparos al secretario en Bruselas. Esa ambición y egoísmo por el poder hace susceptible a otras naciones, quienes están son vulnerables a invasores que querrán tomar por la fuerza los recursos naturales para su beneficio- analiza Simmons. Y concluye: Les pido a todas las naciones que todavía tienen el privilegio de ver las noticias, que hagan plegarias para que comience la paz. De no haber esa condición, dejaremos de existir en 3 meses y será un daño irreversible para todo lo que respire en este planeta, expresa con preocupación.

Brycen se queda en silencio por varios segundos, mira a la cámara y les comunica a los televidentes: "¿Estamos en la época más peligrosa de la civilización humana? Pareciera que sí y que actualmente estamos en una ruleta rusa. Estará en las manos de nuestros gobernantes ser instrumentos de paz y de seguridad mundial". En el intercomunicador le avisan que Estudios acaba de conectar con un reportero desde Corea del Norte. Da paso a la noticia:

- Tenemos una noticia de última hora desde Corea del Norte con Bryan Steven. Te escuchamos.

- A las 6:30 a.m. de este día, 10 de junio del corriente, el ejército japonés, en conjunto con el ejército de las filipinas, acaba de llegar a la provincia de Jangjin situada a unos 300 kilómetros de Pyongyang. La expansión invasora ha alcanzado muchas provincias sin ningún contratiempo. Los lugareños están apoyando a los aliados al permitir el paso de los vehículos blindados. Los japoneses negocian la rendición del líder norcoreano, Choi Yejun, alojado en una residencia a 5 kilómetros de la provincia. Como pueden observar a través de nuestra cobertura en vivo, un oficial japonés está a punto de entrar a la residencia solo y desarmado. Entretanto, los soldados están en máxima alerta con francotiradores listos en los techos de las residencias cercanas a la casa donde se encuentra Choi Yejun.

Brycen le interrumpe y lo interroga :

- Bryan, ¿me escuchas?

- Sí, lo escucho.

- Ok, ¿cuánto tiempo lleva la negociación del ejército japonés para la rendición de Choi?

- Aproximadamente 25 minutos desde que un lugareño dio con la ubicación exacta. En estos precisos momentos, acaba de salir el oficial japonés con 4 soldados norcoreanos esposados. La multitud aplaude y vitorea la decisión. Acaban de ingresar a unos vehículos blindados para dirigirse, según fuentes extraoficiales, a un lugar secreto y temporal. El líder está protegido por todos los soldados de la alianza hasta que puedan sacarlo del país sano y salvo. Aguardamos que el primer ministro japonés se dirija a la nación en unos minutos mientras se llevan al dictador de este régimen fallido.

- Gracias, Bryan, por tu excelente cobertura en la zona. Pasamos a Tokio con el primer ministro Haru Yoshida en una rueda de prensa:

- Ciudadanos nipones. Hemos completado nuestro operativo "Cabezas rodadas" junto con Estados Unidos y las Filipinas. El exdictador de Corea del Norte pasará a ser cosa del pasado pues nos aseguraremos, con la ayuda de la ONU en Nairobi, de comenzar una democracia y la unión de las dos Coreas. Será el surgimiento de un sistema próspero para Asia. Elegiremos a un presidente provisional hasta que se proceda a una elección para presidente. Buenos días a todos.

Yang Wang ha escuchado con atención el discurso de Yoshida y dictamina con gravedad en su expresión: "Es momento de atacar a Japón. Envíen misiles hipersónicos para destruir a Tokio". Wang ignora que los americanos están escaneando a China con sus satélites y en el momento que arrojen misiles serán pulverizados al instante.

3:33 p.m. China comienza la cuenta regresiva del lanzamiento y en ese momento Estados Unidos ya ha percibido una anomalía en varios territorios chinos gracias al escáner de los sistemas GPS del satélite. Por ello detonan 10 misiles domo para destruir los hipersónicos a 15 kilómetros del área de lanzamiento. Termina la cuenta regresiva y en el preciso momento se activan los campos de fuerza de los domos y caen las bombas nucleares de 5 megatones.

Se estima que murieron 7 millones de personas al instante pues los lugares de lanzamientos estaban cerca de ciudades con grandes poblaciones.

6:15 p.m. El ejército de Japón ataca el aeropuerto de Shanghái, incluyendo el sistema eléctrico y las antenas de comunicación. Rápidamente, repelen a la flota china que estaba a 5 kilómetros de la ciudad con misiles. La flota americana del Pacífico comienza una invasión para apoderarse de la ciudad con ataques relámpagos. La ciudad queda bajo el dominio americano-japonés en tan solo un par de horas.

11:30 p.m. Más de medio millón de chinos escapan de Shanghái para no ser presa de los ataques americanos y japoneses.

Noticiero Nacional tiene un boletín de última hora.

"Estamos esperando la rueda de prensa por parte del presidente Silva. Continúan las protestas por todo el mundo en repudio a los ataques de Estados Unidos, Japón y Las Filipinas a Corea del Norte y China. Escuchemos al presidente, quien acaba de ingresar a las instalaciones televisivas."

El presidente Silva toma la palabra: "Ciudadanos americanos. Todo está a punto de culminar. China y Corea del Norte han demostrado a todas luces lo capaces que son, como régimen, de destruir y acabar con los sueños y el orgullo de una nación. Pido una tregua para que China firme un tratado de paz y abandone el plan de expansión que intenta alcanzar. Su negativa será tomada como una respuesta para invadir ciudad tras ciudad de sus territorios hasta que colapse. Intimamos al gobierno chino a que en 24 horas tome una decisión y cese el fuego. No permitiremos que ningún país siembre terror", apunta con firmeza.

En Virginia, los familiares de los soldados chinos que fueron apresados llegan para encontrarse con sus familias tal y como se había planeado. El coronel chino le agradeció a Segismond el cumplimiento de su palabra como hombre de honor. El oficial habló con los americanos que estaban al mando sobre el plan de China de expansión mundial y el control total.

CAPÍTULO 17

EL DEDO DE DIOS EN ISRAEL

Noticiero Nacional en vivo desde Tel Aviv con el reportero Angel Pedraza.

"Buenos días. Hoy, 15 de junio del 2029, la nación de Israel está cerca de un colapso integral: por abusos, violaciones y asesinatos de parte de la Coalición rusa-iraní. El primer ministro Yosef Abramov, se dirige al país en estos momentos desde un lugar secreto. Escuchémoslo."

"Hermanos israelitas, ¿cómo hemos permitido que el Gog y su coalición de maldad invada a nuestra nación? [3]. Han aprovechado su invasión para apropiarse de nuestras posesiones y abusar de nuestro pueblo. La Coalición rusa-iraní quiere imponer leyes al cobrar impuestos e ir por encima de la tregua de paz que expidió la ONU. Pueblo, no debemos permitir que nos saqueen, que nos pisoteen. A ese tal Socolov le digo que tiene 24 horas para retirar sus tropas por todo el territorio de Israel. De lo contrario, atacaremos con furia y con todo lo que tenemos. No sucumbiremos ante el opresor, ¡basta de jueguitos infantiles!", dice con enojo.

El presidente ruso llamó a los líderes de la Coalición y les dijo: "Preparen a todos los soldados y la artillería bélica pues en 6 horas haremos la limpieza étnica más grande que haya tenido la historia de la humanidad. ¡Ataquen a todo lo

---

[3] Ez 38:13

que se mueva! Israel será parte importante de nuestra Coalición. Preparen con premura la operación "Limpieza judía".

4:15 p.m. Los soldados de la Coalición están emprendiendo la retirada de las ciudades invadidas. El pueblo israelí celebra el repliegue con gritos y aplausos.

5:20 p.m. Cientos de aviones cazas surcan el territorio de Israel. Miles de misiles caen en las ciudades cercanas. Las alarmas suenan como si se tratase del fin del mundo, mientras los misiles caen destruyendo todo a su paso.

6:30 p.m. Los soldados de la Coalición vuelven a tomar la ciudad pero esta vez atacan a todos los civiles.

7:15 p.m. Los tanques y los vehículos blindados han creado una barrera en todas las ciudades con el fin de ejecutar a todos los sobrevivientes de los ataques.

8:10 p.m. La resistencia israelí está defendiendo las ciudades y realizando emboscadas para repeler el ataque de la coalición. Se estima que en tan solo 3 horas han muerto más de 400.000 civiles. El general de la Brigada sur de la coalición Kefrén Hassan pronuncia: "En unas horas más, Israel se llamará de nuevo Palestina".

9:30 p.m. La flota americana del Mediterráneo en conjunto con Francia, acaba de enviar misiles a una división de soldados de la Coalición cerca de la ciudad de Be'er Sheva.

10:22 p.m. Rusia envía un misil hipersónico a la flota americana que se encuentra cerca de la isla de Creta.

10:31 p.m. El misil de largo alcance da en el blanco destruyendo a toda la flota americana.

10:45 p.m. Estados Unidos envía 20 misiles hipersónicos con ojivas nucleares a Moscú y a Bielorrusia como represalia por el ataque en Creta.

11:05 p.m. De los 20 misiles hipersónicos solo llegan 5 a Bielorrusia. Los demás fueron destruidos por el sistema de defensa de Moscú.

11:37 p.m. Rusia destruye la base americana en Alemania con proyectiles intercontinentales nucleares de 1 megatón.

16 de junio del 2029, 1:30 a.m. Alemania ataca a una flota rusa en el mar Báltico dejando solo a un buque de guerra intacto.

El canciller de Alemania, Ferdinand Müller, le declara la guerra a la Coalición rusa-iraní, mientras que el general turco Aslan Yilmaz, de la brigada norte de la Coalición, acaba de controlar a las ciudades del norte de Israel.

3:33 a.m. El general iraní Ehsan Ahmadi, de la Brigada oriental, ya tiene el control de todas las ciudades del oriente de Israel.

5:30 a.m. Rusia destruye a la flota portuguesa cerca del Estrecho de Gibraltar.

6:15 a.m. El presidente de Portugal Alfonso Nunes declara "Estado de emergencia" y activa a todos los civiles para la guerra.

7:00 a.m. la Coalición[4] tiene controlada a Israel en un 100%.

8:00 a.m. Los países de la Coalición celebran la victoria total y el control de Israel.

11:00 a.m. Estados Unidos, Francia, Alemania y Portugal cesaron los ataques por miedo a un genocidio en Israel.

12:00 p.m. Socolov ordena la captura de todos los israelitas sobrevivientes para aniquilarlos en menos de 24 horas. El reportero, Angel Pedraza, se esconde con su equipo en uno de los refugios en Tel Aviv. El Noticiero Nacional recibe una llamada de él quien informa sobre lo que está sucediendo: "El futuro es incierto para los israelitas; los sobrevivientes están buscando formas de escapar para no ser asesinados. Según una fuente, la Coalición planea

---

[4] Ez 38:15

cometer un genocidio con el pueblo israelí. El equipo y quien les habla, su servidor, tememos por nuestras vidas. Pedimos por un milagro de paz y una oportunidad de subsistir", expresa con nerviosismo.

9:00 p.m. El General de la Brigada oriental captura a Yosef Abramov cerca de la provincia de Metsada. Este es el logro más grande para la Coalición. Lo llevan a una cárcel provisional a la espera de las ejecuciones en masa.

1:30 a.m. del 17 de junio. En las carreteras hay millones de israelitas en fila para ser desviados y conducidos a los lugares que la Coalición llama "La marcha del exterminio". Los soldados patean y escupen a los israelitas; el desprecio por sus creencias ideológicas se evidencia hasta en el odio que manifiestan en sus rostros.

10:45 a.m. La Coalición halla el escondite de los israelitas donde también se encuentra Ángel y su equipo. Les gritan para que salgan y los golpean con sus armas. El reportero sabe que no puede defenderse y que su vida y la de los demás corre peligro.

12:00 p.m. El presidente Socolov dará un discurso. Los noticieros de todo el mundo están sintonizando el momento. Los ojos de la población están pendientes. Se respira temor por lo que va a pasar con los millones de israelitas detenidos. El mandatario alienta a sus compatriotas: "Pueblos del mundo. Aquí tenemos la raíz de nuestras desgracias. Pido a las naciones que asesinen a los judíos que queden en el resto del mundo. Con este acto de valentía por nuestra alianza rusa-iraní aniquilaremos a todos los israelitas. Soldados, preparen todas las armas pues este día marcará un antes y un después en la historia. A mi señal, ¡Preparen!, ¡Apunten!", expresa con excitación. De repente sus palabras quedan silenciadas. [5] Un terremoto de 9.7 en la escala Richter sacude Israel. Los soldados caen al suelo por los movimientos telúricos. Edificios fornidos se derrumban y en muchos sectores la tierra se abre dejando enormes surcos en la carretera.

12:15 p.m. Sigue temblando aún, cuando desde el cielo se escucha un sonido similar al de cientos de piedras pequeñas que golpean con fuerza el cristal de un vehículo. De pronto, el cielo se oscureció. [6] Una lluvia de granizo se aproxima, pero no cualquier granizo, era de fuego como si un volcán estuviera escupiendo ceniza con rocas que devoraban todo y a todos. Los soldados no son inmunes y son alcanzados. Ángel tiene encima su celular y comienza a reportar al Noticiero Nacional. "Mis ojos nunca han visto cosa semejante.[7] ¡Esto pareciera una señal de Dios! Las imágenes pueden herir la sensibilidad por lo que solo transmitiremos el sonido. Los soldados están muriendo bajo el granizo de fuego que cae copiosamente pero al pueblo judío, que también se encuentra en las calles, no los ha tocado ni un poco de fuego. Podría expresar sin dudar que realmente Israel es el pueblo elegido por Dios. Hay rabinos arrodillados

---

[5] Ez 38:19

[6] Ez 38:22

[7] Ez 38:23

en medio de las calles elevando plegarias al cielo", dice atónito por lo ocurrido.

Brycen le pregunta a Ángel:

-¿Puedes contar cuántos son los soldados muertos a tu alrededor?

Vacila:

- Por lo menos en esta calle hay cientos; no, miles. Nunca había visto un cuadro de tal magnitud. Y así sucesivamente en las subsiguientes calles. Me atrevería a decir que todos los soldados de la Coalición en Israel están muertos. Miles de israelitas se están acercando y pasando por encima de los cadáveres directo al Muro de los Lamentos. Todos oran a Dios agradeciendo el milagro más grande que sus ojos han percibido.

En Moscú, el presidente Socolov está con sus altos mandos preocupado por los sucesos sobrenaturales en Israel. Uno de los generales rompe el silencio:

- Señor presidente. Me temo que usted y nosotros acabamos de ser parte de una profecía bíblica. Usted es el Gog que Yosef había anunciado. Esto, claramente, es una maldición para nuestra nación. ¡Arréstenlo!- dispara-. Debemos cumplir la profecía para que no seamos víctimas de más desgracias.

Socolov intenta disuadirlo:

- ¡Te vas a arrepentir por esta traición a la patria!

El general, por su parte, responde:

- Traición es la que cometeré si no hago nada al respecto. Además, ya es hora de que abandones el poder. Has sido una desgracia para el país; con tus estrategias e ideales nunca pudimos ser una nación libre.

CAPÍTULO 18

ISRAEL LIMPIANDO SU CASA

Noticiero Nacional con una noticia de última hora de la mano del reportero Ángel Pedraza.

"Hoy 18 de junio del 2029 es común adjudicar los hechos recientes como El dedo de Dios. Este se conocerá como el día de la intervención divina. Con nosotros se encuentra el gran rabino Yitzhak Mizrahi, para que nos explique lo que realmente sucedió aquí.

- Rabino, ¿piensa que este acontecimiento fue un milagro de Dios? Yitzhak responde:

- Por supuesto, fue la señal fidedigna más grande de los últimos tiempos. HaShem cumplió el milagro que se encuentra en el libro de Ezequiel 38. Allí se habla de Gog y Magog, la invasión a nuestras tierras, la gran carnicería de los enemigos de Israel profetizada hace más de 2.600 años. Todo esto muestra que habrá un cambio radical en el planeta. Ya casi estamos cerca de la llegada del Mesías para establecer la promesa sobre el pueblo de Israel. ¡Este milagro es el principio de la llegada triunfal del elegido!, dice con fervor.

Ángel asiente y corresponde:

- Gran rabino. Sabias palabras ha proferido pues hemos sido parte del poder de Dios en el pueblo judío.

En esos momentos hace su aparición el primer ministro de Israel para hablarle al pueblo. Yosef toma un megáfono y se dirige a ellos: "Ciudadanos de Israel. El poder de Dios ha salvado a todos los israelitas. Ya la Coalición no tendrá poder sobre nuestra tierra. En Rusia se ha producido un golpe de estado y el presidente Socolov ha sido arrestado por sus generales y, por petición de ellos, será juzgado en Jerusalem por crímenes de lesa humanidad. Los generales no pretenden que Rusia siga siendo enemigo de Israel. Por nuestra parte estamos listos para el diálogo. En cuanto a nuestro pueblo, reconstruiremos y levantaremos a nuestra nación con más poder que nunca, pero primero tenemos que limpiarla recogiendo los cadáveres de los soldados muertos por el dedo de Dios. Por el momento los amontonaremos a las afueras de las ciudades y provincias mientras encontramos un lugar de entierro. Hemos estimado que hay más de 10 millones de soldados que han perecido en nuestro territorio. Necesitaremos ayuda internacional con vehículos ya que por la bomba de impulsos electromagnéticos, no tenemos forma de encender los camiones. Pueblo de Israel, estamos próximos a la paz", dice con una inusitada alegría mientras el pueblo prorrumpe en lágrimas de emoción.

Algunos países ya se han ofrecido a colaborar con vehículos y maquinaria especializada para el traslado de los cuerpos.

19 de junio del 2029, 7:00 a.m. Un avión militar ruso aterrizó cerca de Jerusalén con Socolov. Se abren las ram-

pas traseras y un general de alto rango escolta al prisionero hacia el encuentro con el primer ministro de Israel.

El general le dice a Yosef:

- Primer ministro. En nombre de Rusia pido perdón por toda la devastación causada. No queremos que nuestra patria sea maldita por la ira de Dios; por esta razón, hacemos entrega del expresidente Socolov, maquinador de la masacre, como símbolo de tregua y paz. Respetaremos cualquier decisión que tomen concerniente al expresidente. Está en sus manos la potestad de juzgarlo de acuerdo a sus leyes- dice con seguridad.

Yosef argumenta:

- ¿Tiene idea acaso de todo el peso que le caerá a Socolov por crímenes de guerra?

- Haga lo que tenga que hacer, primer ministro- sostiene.

El general sube al avión, se sienta cerca de la ventana mientras ve a Socolov que ingresa esposado en un vehículo blindado con un gran séquito de guardias.

1:30 p.m. El público apedrea el vehículo donde es trasladado Socolov y pide que lo liberen para hacer justicia. Al frente del cuartel general en Jerusalem los guardias y soldados han colocado barricadas para que nadie ingrese, excepto la prensa y los militares.

Yosef observa el vehículo hermético; un soldado saca a Socolov por la fuerza. Expresa:

- ¡Qué triste que todo tenga que ser así Socolov! Quisiste destruirnos pero no contabas con nuestra gran superioridad: Dios mismo para acabar con tus planes. ¿Algo que decir, Socolov?

El expresidente ruso lo mira y riéndose le pronuncia:

- Si el infierno existe, te veré allá. Ustedes piensan que habrá paz, esperen lo peor-, dice con odio.

Yosef se dirige a sus soldados: "Pónganlo contra la pared, no habrá un juicio ya que todos hemos sido testigos de sus actos infames y aberrantes. Que quede claro, miembros de la prensa, que estamos aplicando el lema del "Ojo por ojo". Si alguno quiere apagar las cámaras para no ver lo que va a ocurrir, este es el momento", advierte.

Todos los reporteros esperan el fusilamiento de Socolov. [8] "Soldados. A mi orden, ¡preparen!, ¡apunten! y ¡fuego!", dice con autoridad. Entretanto jalan del gatillo, Socolov mira con odio al primer ministro. Las balas comienzan a perforar cada parte de su cuerpo desfigurando su cara el instante. Cae al suelo y, aún así, los soldados no cesan de disparar. Yosef interviene: "Alto al fuego; lleven el cuerpo y prepárenlo, ya tenemos un buen lugar para su entierro, en

---

8 Ez 39:2-5

el [9]valle de Dibon en Jordania. El rey de Jordania, por su traición, debe entregarnos el valle para los muertos".

Noticiero Nacional en vivo desde Dibon, Jordania, con el reportero Ángel Pedraza.

"Buenos días. Estamos viviendo tiempos proféticos pues el lugar que se ha decidido para transportar todos los cuerpos será a 5 kilómetros del Dibon. Este es un extenso valle que alojará los 10 millones de soldados muertos. En este momento, en la montaña más alta del valle, se ha construido un mausoleo para poner los restos de Socolov. Una gran multitud espera la ceremonia para comenzar el transporte de los muertos al valle. El gran rabino está a punto de dar un discurso. Escuchemos".

"Pueblo Hebreo, el surgimiento de una nueva era está a punto de iniciar. Ya se escuchan las voces de los profetas que gritan por la llegada de nuestro Mesías, estamos abriendo el camino para su regreso triunfal. El tiempo está cerca hermanos, tengamos paciencia. Por orden del primer ministro, hemos [10]bautizado a este valle como el Valle de Hamón-Gog, en nombre del profeta Ezequiel. El momento de brillar ante al mundo es ahora"- dice con júbilo mientras los israelitas celebran sus intervenciones.

Izan viaja a Tel Aviv para encontrarse con el primer ministro. 20 de junio del 2029, 5:30 a.m. El jet privado de

---

[9] Ez 39:11-16

[10] Ez 39:11

Izan acaba de aterrizar en una parte despejada del aeropuerto de Tel Aviv. Baja las escaleras mirando su reloj y bromea con Yosef al decirle:

- Primer ministro, me entristece su manera de recibirme. Sin siquiera una taza de café.

- Un café calentado con gas sería la mejor opción- dice en clave satírica por el colapso causado por la bomba PEM.

Izan se distrae unos segundos con su celular y le responde:

- Yosef, ya tengo a un equipo para el cambio de los transformadores y la reconstrucción de la energía eléctrica. Según mis expertos, el sistema eléctrico se establecerá en dos meses aproximadamente. En estos momentos he enviado a mi equipo de ingenieros para que enciendan los camiones afectados por la bomba. El propósito de mi visita es sencillo: ayudar al país a recomponerse de la guerra. El congreso de los Estados Unidos ha aprobado el envío de camiones pesados a Israel. Por mi parte, enviaré 100 excavadoras para que agilicen los trabajos y se puedan poner a los muertos en su sitio antes de que comiencen a heder.

Noticiero Nacional con un informe de última hora.

[11] "Ataque en Rusia. Son las 9:00 p.m. hora de Moscú y por la ira de Dios debido a la maldad de la Coalición, San Petersburgo ha sido destruida sin causas aparentes ni fuerzas

---

[11] Ez 39:6

militares. Los videos de cámaras alrededor de la ciudad muestran momentos previos al incidente, cuando una gran columna de fuego bajó desde el cielo causando una gran explosión. Los sobrevivientes escucharon un sonido atronador que los dejó sordos durante 15 minutos. El reflejo de la columna de fuego podía verse desde tan lejos como Alemania. Hasta ahora no se sabe la cantidad de muertes por el ataque ni de quiénes son realmente los perpetradores. ¿Podría ser otra señal de Dios?- se pregunta el periodista. Tenemos a un experto teólogo con un doctorado en Escatología, el señor Justin Shuster, para hablarnos de los hechos recientes.

- Señor Shuster, ¿qué significa este ataque para el mundo?

Justin responde:

- Este es el principio del fin. El ataque será más grande y afectará a toda Rusia- expresa con convicción.

El reportero interrumpe drásticamente la noticia para comentar: "Acabamos de recibir un boletín de última hora: Moscú acaba de ser atacada. Repito: Moscú acaba de ser atacada. Se cree hasta el momento que el ataque fue similar al de San Petersburgo. Seguiremos informando conforme vayamos obteniendo más información.

CAPÍTULO 19

LA BATALLA DEL CERRO DE NANDY

Noticiero Nacional con Brycen Smith.

"21 de junio del 2029. Son casi las 11:00 a.m. en Río Piedras, Puerto Rico. Las fuerzas especiales y el grupo de los 80 tienen atrapados a más de 60.000 soldados chinos en un lugar llamado el Cerro de Nandy, sita en el Barrio Jagual de San Lorenzo. Los soldados chinos han mostrado resistencia ante cada enfrentamiento pues están fuertemente armados. Aquí tenemos al líder de los 80, el señor Emilio Cortijo, alias "El Padrino", para hablar sobre la resistencia de los soldados chinos.

- Padrino, ¿cómo piensa derrocar a los soldados?

El Padrino lo observa y dice:

- Brycen, uno nunca puede divulgar un plan de ataque y menos en una situación como esta. Si el gobierno chino escuchara, les comunicaría que vamos a derrumbar la montaña y terminaremos con ellos. Aunque demuestran valor y eso es admirable, sus días en La Isla del Encanto están contados. Hubiera sido mejor que no nacieran pues mis manos poseen el poder de un guerrero con sed de venganza. Puerto Rico ha sufrido mucho. Es tiempo de levantarnos, pero esta vez con más fuerza- dice con orgullo patriótico.

Súbitamente, un misil impacta a 150 metros del lugar de la entrevista matando a 30 miembros del grupo de los 80. Brycen sale rápido en un camión y busca refugio en una escuela a dos kilómetros del lugar. El Padrino, furibundo, insta a Cory y al Kaki a defenderse con todo arsenal posible. Cory arremete con un lanzamisiles mientras el Kaki la emprende con una calibre 50 que comienza a disparar hacia la montaña. En el lugar hay más de 70.000 personas, incluyendo a los soldados de las fuerzas especiales que intentar acabar con los soldados chinos. Hay un rapto de silencio y un oficial de los Navy SEALs se comunica con el batallón desde su radio balbuceando expresiones en mandarín. Dice:

"士兵们，难道你们还不明白，杨王已经抛弃了你们吗？中国已经失去了力量，日本占领了整个朝鲜，美国入侵了中国东部的几个城市，你们被孤立了。 别让这变成一场屠杀。交出武器，滚下山去。"他愤怒地说. ("Soldados, ¿no comprenden que el rey Yang los ha abandonado? China ha perdido su poder, Japón ha ocupado toda Corea, Estados Unidos ha invadido varias ciudades del este de China y ustedes están aislados. No permitan que esto se convierta en una masacre. Entreguen sus armas y bajen del cerro", dijo enojado.)

Mientras todavía habla, cientos de mini misiles con alto poder son impulsados desde el cerro hacia los que quedan del grupo de los 80 impactando en más de 5.500 personas. El Padrino le ordena a Joel: "Saca el combo. Haremos llorar a estos invasores". Una bazuca de alto calibre aparece y dispara. El misil viaja a gran velocidad, se divide en dos y caen a la mitad del cerro. La explosión es tan fuerte que, incluso los que lo manipularon, tuvieron que cubrirse. El Kaki envió a 2.000 soldados al pie de la montaña para abrirle paso a su equipo y tomar posesión efectiva del cerro Nandy.

2:30 p.m. Las fuerzas especiales dan las coordenadas para atacar al cerro. La piloto coronel, Juleica Silva, tiene órdenes de bombardear.

2:45 p.m. El ejército chino acribilla a 1.500 individuos del grupo que envió el Kaki. El Padrino comienza a lanzar más misiles al cerro mientras el oficial de los Navy SEALs grita con fervor: "Corran por sus vidas que van a bombardear la montaña".

2:53 p.m. Un F-35 pilotado por Juleica está a 5 kilómetros del cerro de Nandy cuando arroja dos proyectiles con mini drones. Se abren las cabezas de los misiles y 200 mini drones se acercan a los soldados chinos. Tratan de huir en vano ya que las aeronaves no tripuladas explotan a 3 metros de ellos, cobrándose la vida de más de 5.000 en pocos segundos.

Los 80 aprovecharon el momento para apoderarse de la montaña disparando sin titubear y, al mismo tiempo, corriendo. Derriban a 3.000 en 7 minutos. Han avanzado 150 metros mientras tratan de romper la resistencia; el ataque es muy violento y ya han caído alrededor de 700 personas más del grupo de los ochenta.

4:17 p.m. Juleica regresa, esta vez con un proyectil y lista para atacar la cima del cerro.

4:19 p.m. El misil derriba la cima y causa un deslizamiento de tierra que entierra a más de 10.000 soldados chinos.

4:48 p.m. Una sábana blanca ondea desde el cerro como señal de rendición.

4:50 p.m. Hay un cese al fuego por parte de los 80. El Padrino grita: "Bajen, pero tiren sus armas antes de que los acribillemos". Los chinos entregan sus armas. Descienden y van sentándose en fila con la mirada al suelo. Se estima que hay más de 45.000 soldados como prisioneros de guerra. El Padrino le habla a su grupo: "Ya recuperamos lo que nos pertenecía; se acaba esta guerra en este momento", suspira aliviado. Los 80 festejan discretamente. Ha habido muchas pérdidas.

CAPÍTULO 20

INDIFERENCIAS RELIGIOSAS

Noticiero Nacional tiene a varios invitados para debatir sobre el supuesto milagro de Israel. Brycen Smith dice a los televidentes: "Buenos días. Hoy, 22 de junio del 2029, el mundo está confundido ante el acontecimiento en Israel. Tenemos al pastor Gamaliel Rodríguez desde Puerto Rico:

- Buenos días, pastor Gamaliel.

- Buenos días, señor Brycen- saluda con cordialidad.

En la otra línea tenemos a un experto en la Geopolítica bélica, el señor Donald Káiser, desde San Diego, California.

- Buenos días y un placer por tenerme aquí de invitado.

 Brycen comienza el interrogatorio analítico:

 —Señor Káiser, ¿cree usted que lo que el mundo llama El dedo de Dios es una casualidad o un milagro?

Donald sonríe y contesta:

- Pienso que todo es mera casualidad. No es la primera vez que suceden efectos meteorológicos en algunas guerras. Doy ejemplos como muestra: en la Segunda Guerra Mundial, en la invasión de los nazis a Rusia, en la que murieron millones de soldados porque la temperatura bajó a -53 grados Celsius. Los soldados de la Coalición no contaban con los equipos necesarios para protegerse de los movimientos tectónicos ni del efecto pos nuclear que ocurrió hace unos meses en Israel.

Gamaliel escucha y no puede creer tanto escepticismo por lo que apunta:

- Pongamos todo lo sucedido basándonos en el manto de la investigación científica. Primero, el terremoto apocalíptico de 9.7 en la escala Richter en Israel, superó al gran terremoto de Valdivia, Chile, en el 1960. Fuimos testigos de la sacudida y de la forma en que cayeron los soldados sin desbaratar al pueblo israelita. Segundo, es imposible que los efectos radiactivos hayan causado la granizada de fuego que mató a los 10 millones de soldados en un instante, sin rasguñar siquiera a ninguno de los habitantes de Israel. ¿Casualidad? De ninguna manera. Dios sí cumplió su profecía registrada en los capítulos 38 y 39 de Ezequiel con el fusilamiento y el entierro de Socolov.

Se detiene por unos instantes y mira directo a la cámara. Continúa:

_ Les pregunto a los televidentes, ¿están preparados para lo que viene? El día del acontecimiento está cerca y Dios se va a manifestar- suelta sin tapujos.

Donald se ha quedado mudo como si no pudiera hilvanar un argumento y, por supuesto, los televidentes estallan a través de las redes sociales. Hay innumerables detractores y en la misma cantidad, partidarios. Los grupos terroristas antirreligiosos están promoviendo una histeria mundial en contra de cualquier pensamiento religioso e incitan nuevamente a la violencia contra de los judíos y cristianos.

23 de junio del 2029. Un grupo terrorista en los Estados Unidos denominados "Limpieza JuCri&Mu" (Judíos, cristianos y musulmanes) acaba de emerger con 30 miembros. El líder, Oliver Harris, es un profesor de filosofía de la Universidad de Joseph Imgeveth de Ohio, comienza una campaña de adoctrinamiento antirreligioso con el objetivo de desaparecer toda base religiosa.

Son las 9:30 a.m en Ohio y a las afueras de Toledo, en una finca, el camarógrafo del grupo enciende la cámara haciéndole una señal a Oliver de que todo está listo para comenzar. Oliver se sienta en una silla y sujeta la Biblia, la Torá y el Corán con ambas manos. Detrás de él hay 5 personas fuertemente armadas que miran fijamente a la cámara. En la pared que sirve de fondo, una bandera con símbolos extraños y con las insignias de Limpieza JuCri&Mu, caracteriza al grupo. Oliver apunta a las redes sociales: "Hermanos de la verdad, hoy vengo con un simple pero contundente mensaje: destruir a los opositores de la paz. No podemos negar que las religiones mundiales, queriendo expandir su terror durante muchos milenios, hayan generado este desenlace. Son millones las personas que han muerto por indiferencias de pensamientos, doctrinas que no coinciden con las suyas. Díganme si no es injusto que niños mueran por una causa vetusta, por ideales nefastos que contaminan el modo de libertad que solo se consigue con la unión de un pensamiento de subsistencia. Estos libros han causado los asesinatos más crueles de la historia de la humanidad. ¿Cómo creer en un Dios que hace daño a su creación?, pronuncia con coraje.

Oliver arroja los libros al suelo, toma una botella de gasolina, vierte el líquido sobre ellos y los quema frente a miles de espectadores. Agrega: "Exhorto a los que están presenciando este acto de liberación mental a que hagan lo mismo. No crean en el supuesto milagro de El dedo de Dios; la elite tenía esto planeado de antemano. Si no, pregunten por qué Izan Wasckierd, el hombre más rico del mundo, está construyendo rascacielos para acoger a los sionistas de todo el planeta. Esta guerra fue planeada, solo los que tienen privilegio se benefician de este conflicto; no debemos seguir permitiendo que los poderosos abusen de nuestros derechos. La guerra antirreligiosa ha comenzado, comenzaremos a derribar cada pensamiento religioso con la fuerza si es necesario", dice con furia.

Noticiero Nacional con un reportaje sobre el discurso del terrorista Oliver a cargo del reportero Brycen Smith.

"Buenos días. Son las 10:30 a.m. hora del este desde Washington y una gran multitud de cristianos de toda la nación que creen en el milagro de El dedo de Dios, están regresando a las iglesias como una señal de arrepentimiento. Por otra parte, no podemos eludir que Oliver Harris, con su comunicado de terror y liberación doctrinal, ha causado un gran revuelo y millones de personas han salido a protestar para exigirle al gobierno que cierre todas las iglesias y mezquitas. El pastor líder de la iglesia Mi Vida Nueva en el Dios Santo, dijo lo siguiente:

"Las señales están claras, la profecía antes de la venida de Cristo está en curso. Si no velan por su salvación, están destinados a morir por causa de su desobediencia, no la de Dios. Jesús vendrá por su pueblo, a los que se queden por no haberse preparado les tocará una persecución tan grande que hasta sus propios familiares los entregarán convencidos de que ellos llevarán la verdad. No tengamos miedo en predicar a las naciones que Dios se está manifestando grandemente. No se dejen atemorizar por ningún grupo satánico. Dios se encargará de ellos, es tiempo de salir a la calle sin miedo de ser arrestados o asesinados. El acontecimiento será de gran sorpresa para todos los dejados en el planeta. Dios llama a su pueblo al arrepentimiento antes que sea tarde. Nuestra fe hacia Dios será probada en estos días, el reino del anticristo está cerca"", dice con preocupación.

Brycen guarda silencio mientras el equipo de producción lo devuelve a la entrevista por el intercomunicador. Él continúa: "Acabamos de escuchar fuertes declaraciones del pastor. Quedará en el libre albedrío de cada uno tomar decisiones en base a los acontecimientos que han ocurrido en los últimos 15 meses. Ahora, surge la pregunta: si todos estos acontecimientos vienen de Dios, ¿por qué no hay paz entre nosotros?. Seguimos con Estudios".

Ángel Pedraza aparece en escena desde Tel Aviv. "Saludos desde Israel, acaban de llegar miles de vehículos pesados para avanzar con la limpieza de los 10 millones de soldados muertos en la fallida Coalición. El gobierno de Egipto pide perdón en una conferencia de prensa, mientras en Siria, el presidente Rayan Fayad no está dispuesto a negociar un proceso de paz. Fayad dice que vengará la muerte de sus 2 millones de soldados sirios. Llama al gobierno egipcio "un país traicionero" por reanudar una tregua de paz con el pueblo israelí y ha amenazado por comenzar una guerra contra Egipto si firma un acuerdo de paz.

CAPÍTULO 21

PRE PERSECUCIÓN

Noticiero Nacional con una noticia de última hora: "Hoy, 26 de junio del 2029, es un día en el que el mundo quiere paz. En todas las ciudades de la nación hay más de 3 millones de personas en las calles protestando en contra de todas las religiones. Su lema: acabar con el virus cancerígeno de las creencias y erradicarlo del país. En Tacoma, Washington, un bus lleno de una congregación cristiana que iba a predicar, fue incendiado y 35 miembros de la congregación murieron quemados por los autodenominado Limpieza JuCri&Mu. Solo tres miembros de la iglesia pudieron salir y escapar. El FBI puso a Oliver Harris como el enemigo público número 1 y se ofrece una recompensa de 20 millones de dólares para el que dé información sobre su ubicación. En Houston, Texas, la policía pudo neutralizar a 7 individuos del grupo terrorista que intentaba quemar una Iglesia. Trascendió que estaban fuertemente armados. Mientras tanto, el gobierno aprobó el cierre temporal de las Iglesias y templos de la nación, incluyendo a todas las mezquitas, hasta que se neutralicen las protestas.

El presidente Silva, por su parte, comunica en una rueda de prensa: "Ciudadanos americanos. Estos ataques han escalado a niveles alarmantes. Estamos entrando en una era de declive social, de discursos de odio que cercenan la paz y la armonía nacional. No debemos permitir que estos grupos nos intimiden. Tenemos a toda la fuerza policial investigando y buscando a los culpables de la masacre de Tacoma. El nuevo grupo terrorista está teniendo muchos adeptos desde su fundación. De seguir así, la ley marcial será implantada en las próximas 48 horas por toda la nación"".

El reportero continúa: "Más noticias. El ejército de Siria llevó a cabo un ataque sorpresa a El Cairo por la reunión del proceso de paz que acaba de darse en Jerusalén. El presidente egipcio aseguró que tomará represalias contra Siria por las agresiones. Todo el pueblo israelí ha trasladado ya a 50.000 cadáveres al Valle de Hamón-Gog y se espera que todo el proceso tome entre 6 a 7 meses. Izan sigue con su plan ambicioso de construir hogares para los nuevos ciudadanos, pero ahora su prioridad es ayudar a Israel a recoger los muertos que pululan en las calles. Por otra parte, los ex países miembros de la Coalición están rogando al gobierno israelí que entregue a sus familiares muertos para darles digna sepultura en sus países en cumplimiento de su deber. Yosef rechaza la petición, ya que los cuerpos están irreconocibles y sería un retraso en la limpieza de Israel", concluye el extenso reporte el periodista.

El líder terrorista no se ha inmutado por los dichos pronunciados por el presidente. Al contrario, está en vivo desde las redes sociales: "Grupo de Limpieza, JuCri&Mu, en estos pocos días hemos llegado a más de 4 millones de miembros cansados del viejo sistema religioso. Nuestra misión a partir de ahora será la siguiente: eliminar a los miembros de cada iglesia, mezquita o templo por toda la nación. La limpieza comienza en este momento; la luz de la humanidad será invencible y el FBI caerá ante nuestro poder", dice extasiado por lo que gestará en los corazones de sus seguidores. Y efectivamente, los oficiales del FBI ya están a las afueras del centro de operaciones de Oliver Harris. Pudieron rastrear el video a través de las redes sociales y de la dirección IP de su ordenador. Más de 20 vehículos están apostados en el lugar. Ingresan a un pequeño almacén que está lleno de cámaras, pero no hay rastro de Oliver ni de sus seguidores.

7:15 p.m. Jacksonville, Florida. Oliver y el grupo terrorista acaba de reunir a más de 500 personas fuertemente armadas, listas para atacar a más de 30 iglesias simultáneamente. La misión: entrar y acribillar a los miembros sin dejar a ninguno con vida.

7:45 p.m. El grupo de 20 personas arriba al estacionamiento de la primera Iglesia. El pastor está predicando cuando, repentinamente, Oliver entra aplaudiendo con el grupo que lo sigue detrás hacia el altar. Dice con irreverencia: "Me encanta su determinación, pastor, de predicar, sabiendo que el momento del exterminio religioso acaba de comenzar". Se da media vuelta y mira la cámara en la que se transmite en vivo la predica por las redes sociales y dispara: "Es momento de derramar sangre. Grupo de limpieza, ¡a barrer!". El conjunto comienza a disparar mientras los miembros de la iglesia comienzan a gritar. Todo se sume en un caos sin igual; los disparos arrancan la piel y destrozan todo alrededor. La sangre salta por todos lados, dejan manchas por el santuario. Muchos tratan de huir, pero sin éxito, ya que afuera aguardaban 5 más esperando a aquellos que intentaran huir. Es el fin, más de 200 miembros de la iglesia han muerto.

Los demás grupos hicieron lo mismo. Ingresaron al resto de las iglesias y asesinaron sin piedad.

8:08 p.m. Florida activó el protocolo de Estado de emergencia. Las fronteras del estado permanecerán cerradas, al igual que cuando ocurrió el ataque nuclear en Orlando la noche de las elecciones del 2028.

9:30 p.m. Cientos de vehículos militares están por todo el estado en una cacería humana para dar con los terroristas del JuCri&Mu.

9:45 p.m. Toda la fuerza policial acaba de ser afectada al 100% incluyendo la guardia nacional.

Noticiero Nacional con una noticia de última hora con Brycen Smith. "Florida bajo ataque. El nuevo grupo terrorista que se hace llamar JuCri&Mu ha sembrado el terror en el país. Fue ejecutor de varios atentados en Jacksonville asesinando a más de 1300 personas. La policía ha arrestado a más de 40 miembros de este grupo cuando intentaban salir del Estado cerca de la frontera con Georgia. No se sabe el paradero de Oliver. Algunas fuentes indican que se dirige a Texas para seguir cometiendo más atropellos. Hay noticias de ataques en iglesias de otros estados en los que están siendo mancilladas e incendiadas. El odio hacia cualquier denominación religiosa ha aumentado creando una persecución como nunca antes se había visto en Estados Unidos", refiere el portavoz.

27 de junio del 2029, 7:43 a.m. El grupo terrorista acaba de quemar una iglesia cristiana en Salt Lake City. Por fortuna no hay muertos ni heridos. Los líderes religiosos en toda la nación piden cadena de oración esta noche para frenar los ataques terroristas. Mientras en Jacksonville hay escasez de médicos forenses y los 1300 muertos debido a los ataques terroristas están en espera hasta que se puedan establecer protocolos para embalsamar los cuerpos.

8:15 a.m. El presidente Silva está en otra rueda de prensa para hablar de la masacre de Jacksonville. "Ciudadanos americanos. Enviamos nuestras más sinceras condolencias a todas las familias afectadas por los aberrantes hechos ocurridos anoche en Jacksonville. Y aseguramos que esta masacre a los derechos de la libertad de expresión no quedarán impunes. Oliver, quieres dividir el pensamiento y corromper, pero no podrás dividir una nación que se ha levantado muchas veces de las cenizas. Te vamos a atrapar, tenlo por seguro", dice con ira, mientras los reporteros aplauden por lo que acaba de decir Silva. Cuando regresa a su oficina, llama a su hermana Neicha por teléfono para reunirse con ella en la Casa Blanca por unos días.

Neicha expresa su alegría:

- Por supuesto, siempre y cuando mis hijos y Jaime, mi esposo, me acompañen, dice alegre.

- Sabes que no tienes ni que decirlo. Ya les reservé el vuelo para Washington y llegarán al aeropuerto de Miami en dos horas. Viajaré un momento para Virginia a la ceremonia de medallas de Juleica. No se imagina que voy a entregar su nueva medalla; hablé con su superior, también, para que le den un permiso y viaje para la Casa Blanca.

10:30 a.m. Silva se hace presente para la entrega de medallas. Juleica está concentrada con su grupo cuando, inesperadamente, una gran ovación estalla entre los civiles reunidos. El presidente está justo detrás de su hermana cuando se acerca el momento de la entrega. Camina hacia ella y Juleica no puede contener la emoción. Sus ojos expelen lágrimas de orgullo: su hermano le entregará la medalla más preciada de todas las existentes, la de Honor. El General de Brigada lee los logros de Juleica en varios ataques cruciales para proteger en la nación.

El presidente hace los honores. Juleica hace el saludo militar a Kristhian mientras las lágrimas no dejan de brotar. El general termina su lectura y el presidente sube a la tarima e inicia su discurso. Dice: "Buenos días, soldados y familiares aquí presentes. Cada medalla repartida hoy es un símbolo del patriotismo y la valentía de cada soldado en las fuerzas armadas. Estamos en tiempos de oscuridad como nunca ha pasado en la historia de la humanidad. Tenemos crisis alimentarias, un sistema de ríos a punto de colapsar por las sequías y la contaminación nuclear. Crisis energéticas a nivel nacional nos han obligado a racionar los servicios. A esto se han sumado recientemente el exterminio de aquellos que tienen una forma diferente de pensar. Mi pregunta es: ¿por qué no trabajamos todos con el solo propósito de subsistir? Tenemos la voluntad de reconstruir nuestros pensamientos y forjar una esperanza alterna de paz sin seguir este sistema de decadencia. Esto no se trata de quién está en el poder, ni de cuántos van a ayudar a levantar la nación, esto se trata de cada uno de nosotros. De poner el empeño y reflexionar en lo que les vamos a dejar a nuestras futuras generaciones. En este día debemos preguntarnos, ¿en qué puedo ser útil para ayudar al prójimo? ¡El futuro de Estados Unidos depende de nosotros!", expresa con resolución.

Los presentes aplauden y ovacionan al mandatario. El encuentro llega a su fin y Kristhian le dice a su hermana:

- Estoy más que orgulloso de ti, gordita. Hoy vendrás conmigo a pasar el fin de semana.

Juleica obedece, burlándose:

- Lo que usted mande, señor presidente. Permítame buscar ropa de mi apartamento.

- Tienes 1 hora antes que te arranque la medalla, expresa en tono juguetón.

11:10 a.m. Neicha acaba de llegar al Aeropuerto Internacional de Miami con sus hijos. En la entrada del aeropuerto hay una protesta por la llegada del gran rabino Yitzhak Mizrahi. Los oficiales de la policía acaban de instalar una barrera para evitar que la manifestación se vuelva hostil.

Neicha se encamina con su familia hacia el mostrador de la aerolínea mientras su esposo Jaime entrega las maletas para ingresar a la puerta de abordaje.

11:18 a.m. La fuerza de choque intenta sofocar la protesta, pero sin resultados ya que han empezado a entrar al aeropuerto. Jaime sugiere apresurado: "Tenemos los boletos, corramos al área de abordaje para llegar a nuestra puerta antes de que cierren el paso los pasajeros". Dan zancadas hasta el punto de control y justo después de ellos, bloquearon el paso. "Gracias a Dios que pudimos entrar; ni rastro del famoso rabino", suspira aliviada.

11:22 a.m. Ya en el puerto de abordaje, la familia observa que un grupo de judíos camina hacia el lado contrario. Neicha divisa a quien supone es el gran rabino y siente un escalofrío y, a la vez, un mal presagio. Como si fuera en cámara lenta, el rabino posa su profunda mirada en Neicha cual anuncio de una señal diabólica. Siguen caminando y cuando toman asiento en el área de espera, ella comienza a orar. Jaime pregunta:

- ¿Estás bien? Te ves como si hubieras visto un fantasma.

Neicha mira a sus hijos y le dice:

- El Espíritu Santo me está revelando que algo grande está a punto de pasar.

- Mi amor, espero que no porque otra cosa peor de lo que ha estado pasando desde los últimos 15 meses sería fatal

152

para todos. Tenemos que seguir orando para que todo vuelva a la normalidad, dice en son de consuelo.

- Estamos en el famoso "principio de dolores". Ya el tiempo está trazado, Jaime. Voy a llamar a Kristhian para decirle que estamos a punto de abordar.

Jaime mira a sus hijos con tristeza y les dice:

- Dios siempre los protegerá, no permitiré que nadie les haga daño.

3:13 p.m. Neicha y su familia acaban de aterrizar en el Aeropuerto Internacional de Washington D.C. Varios miembros del servicio secreto esperan para escotarlos hasta la Casa Blanca.

3:45 p.m. Kristhian arriba a la casa presidencial y en el momento en que se abren las puertas, sus sobrinos corren a abrazarlo. Juleica va en busca de su hermana y como siempre, le dedica la misma broma: "Sigues igual de cabezona" y ambas estallan en carcajadas.

- Les enviaré sus maletas a los cuartos- dice Khristian. Ya estoy preparando una rica cena para todos.

Sus hermanas se burlan de su aire circunspecto y le piden:

- Envíanos la comida a nuestra oficina.

- Si se siguen burlando a costa mía, no van a comer lasaña. Que conste en acta que a mí me queda mejor que a ti, Juleica- todos se ríen con ganas.

Noticiero Nacional tiene un boletín de última hora con Brycen Smith: "Son las 5:30 p.m. en Jacksonville, Florida, y el gobierno, con la ayuda de muchos ciudadanos, ha logrado recaudar más de 200.000 dólares para cubrir los gastos fúnebres de las 1300 personas masacradas por el grupo terrorista llamado "Limpieza JuCri&Mu". La ciudad de Jacksonville proveerá el estadio para que los muertos puedan ser velados y, posteriormente inhumados en la ciudad. El acto funerario en el estadio será a partir desde las 2:00 p.m. mañana 29 de junio del 2029. Nuestro equipo de reporteros dará cobertura en el lugar.

CAPÍTULO 22

CENA EN LA CASA BLANCA

28 de junio del 2029, 7:00 p.m. en la Casa Blanca. Kristhian está a punto de cenar con su familia. Como es costumbre familiar, Neicha comienza a orar mientras todos se toman de las manos. Dice: "Padre, gracias por permitirnos compartir esta cena, tú eres nuestro protector y nuestra fortaleza en estos momentos de oscuridad. Te pido por mi hermano, que sigas usándolo como instrumento para que las iglesias puedan tener paz en medio de esta tormenta. Entiendo que las profecías se están cumpliendo, danos sabiduría para seguir caminando por tus sendas. Te lo pedimos en el nombre del Padre, del hijo y del espíritu santo. Amén".

Kristhian mira a Neicha y la encomia:

- Cabezona, siento gran admiración por tu fe, tu elocuencia al hablar y en la manera en que nos transmites paz con cada palabra que pronuncias. Tengo una pregunta: cuando mencionas sobre las profecías, ¿te refieres a lo que ocurrió en Israel?.

Neicha sonríe afectuosamente y explica:

- Sí, es que todos estos acontecimientos tienen nombre y apellido: el Rapto de la Iglesia. Según la Biblia, Jesús mismo vendrá a recoger a su pueblo. También dice que los que viven una vida alineada a los pensamientos de Dios serán salvos; por el contrario, millones de personas desaparecerán de la faz de la tierra sin ninguna explicación. Hermanos, estoy muy preocupada por ustedes. Tu puesto de presidente va a estar en la cuerda floja luego de este gran acontecimiento que refiero. Juleica, tu futuro también será cambiado drásticamente. El famoso anticristo vendrá y engañará a gran parte de la población mundial. Solo habrá un gobierno mundial y una sola moneda, la única salvación está en el arrepentimiento y en caminar con Jesús.

Juleica disiente:

- No estoy de acuerdo. Pronto habrá paz por la vía diplomática y lo que este mundo necesita es la unión de todos los países del mundo. Pienso que ese nuevo movimiento antirreligioso tiene razón, el mundo siempre ha querido seguir a un poder divino para refugiarse en sus malas acciones. Necesitan a un ser supremo para creer en algo que los llene de esperanza.

Neicha la mira con tristeza y decepción. Dice conciliadora:

- Respeto tu opinión, aunque no esté de acuerdo. Sabes que, aunque no coincidamos, te amo mucho. Oraré por ti para que Dios te sane por lo de la muerte de mamá.

- Neicha, si las cosas son como dices me preocupa. Pero bueno, ya tendremos tiempo para hablar. Y si no se comen la lasaña del presidente de la nación, promulgaré una ley que les impida comer aquí- dice con simpatía y relaja así el ambiente.

7:30 p.m., Tampa, Florida. El gran rabino está en una reunión de judíos en el centro de convenciones a puertas cerradas para un anuncio de extrema importancia sobre el futuro de Israel. Camina mientras sostiene un micrófono en la mano y declara: "Shalom alejem. (Buenas noches) Se preguntarán por qué esta reunión tan repentina. Sencillo, pronto llegaremos a una paz absoluta en Israel. Estamos en negociaciones con el pueblo musulmán para que le entreguen el terreno de la destruida cúpula dorada a nuestro pueblo y ellos, recibirán la sinagoga Hurva como intercambio. La sociedad judía en Estados Unidos se ha contado en un 95%; ¡es tiempo de regresar a las raíces hebreas para que sean parte del reino del Mesías!, exclama con elocuencia. Todos los judíos presentes ovacionan al gran rabino y toman la decisión de mudarse a Israel dentro de las próximas semanas.

Noticiero Nacional reporta un informe de última hora con Brycen Smith.

"Son las 3:33 a.m. Estamos a las afueras de la mansión de Izan Wasckierd en Tesino, Suiza. Aquí, cientos de personas protestan contra los planes de reestructurar Israel. Muchas empresas manejadas por el pueblo judío en Europa, han cesado sus operaciones dejando en la calle a más de 50.000 trabajadores, generando un desequilibrio laboral alarmante. Como se visualiza en imágenes gracias a nuestra cobertura, un camión de residuos está intentando irrumpir en la propiedad al derribar el portón de ingreso. Varios manifestantes están arrojando botellas molotov desde afuera de los muros para atacar a los guardias de seguridad. El helicóptero privado de Izan acaba de salir del lugar. Aunque las inmediaciones están protegidas por acero, el camión ha logrado atravesar la puerta de acceso principal. El cuerpo de policía antimotines interviene sacando por la fuerza a los vándalos. En simultáneo, el gobierno suizo acaba de comunicar un toque de queda para todos sus ciudadanos con el fin de controlar la convulsión de las protestas y los saqueos a tiendas comerciales en varios puntos del país. Seguiremos informando para darles el panorama de la situación paso a paso", cierra Smith.

Izan detecta desde el aire cómo se amontonan los protestantes dentro del patio de su mansión y suspira. Mira a su piloto y le ordena: "Diríjase a Tel-Aviv", y prosigue: "Secretaria, llame al primer ministro, Yosef, e informe que estaré en Israel para que me brinde asilo hasta que termine el descontento". Yosef confirma que lo espera en el aeropuerto.

29 de junio del 2029, 8:00 a.m. Casa Blanca, Washington D.C. Silva se reúne en el comedor con su familia. Les aclara:

- Voy a hablar en el congreso sobre una ley que quiero impulsar, pero les prometo que estaré a la 1:45 p.m. para almorzar juntos.

- No te preocupes- devuelve Juleica. Veremos televisión para matar el tiempo, no queremos irnos de tu humilde hogar. Ríen.

- Gorda, por decir eso comerás cereal- todos se ríen.

En Tel-Aviv ya se ha efectuado el encuentro entre Izan y el primer ministro. Le cuenta su estrategia:

- Dividiré en unos días la población para iniciar las construcciones de los hogares y, además, para que continúen los movimientos de cadáveres a Hamón-Gog.

- Ya el mal olor de los cuerpos hace imposible tener una vida normal en el país, indica Yosef.

CAPÍTULO 23

LOS PREPARATIVOS FÚNEBRES

29 de junio del 2029, 9:00 a.m. El pastor Gamaliel Rodríguez recibe una llamada del reportero Jorge Rivera Sánchez.

-Pastor, buenos días, me enteré que está en Sabaneta, Colombia. ¿Qué le parece si me tomo el atrevimiento de continuar con la entrevista?. Se que ha sido difícil, entre el tsunami nuclear y la invasión de los soldados chinos a Puerto Rico, pero pienso que es un buen momento para continuar con las preguntas sobre el cristianismo.

- Por supuesto- afirma el clérigo- encontrémonos en una cafetería al frente del parque de Sabaneta como a las 12:45 de la tarde, si le parece.

-Ahí estaré. No se olvide que esta vez le toca a usted pagar el café. Se oyen risas al unísono.

Noticiero de La Nueva Venezuela con el reportero Jeannier Otano. "Son las 10:15 a.m. y el presidente de La Nueva Venezuela tendrá frente al Palacio Enzo Guerrero desde la 1:00 p.m. una cadena de oración por las víctimas de la masacre en Jacksonville. Los 1300 masacrados será expuestos en el estadio de Jacksonville, Florida desde las 2:00 de la tarde. El organizador del evento, el pastor Johnny Vargas, quiere crear conciencia sobre la determinación de contrarrestar cualquier acto violento en base a los derechos religiosos. Seguiremos informando. Volvemos a nuestra programación regular".

En Israel, el reportero del Noticiero Nacional, Ángel Pedraza tiene un reportaje sobre la llegada de Izan Wasckierd. "Buenas tardes. Estamos informando desde Tel-Aviv al mundo. Son las 5:20 p.m. hora de Israel (10:20 a.m. hora de Washington). El primer ministro, Yosef Abramov, dará un discurso sobre la situación actual del gobierno. Aparece en escena con una pala pequeña mientras los israelitas aclaman el momento. A su lado se encuentra el magnate Izan. Ambos se paran sobre el podio, se toman de la mano y las levantan. Pronuncia complacido: "El momento de brillar como nación ha comenzado".

El pueblo aplaude y los gritos de alegría inundan todo el recinto. Yosef agrega: "Hemos abierto la fosa más grande del mundo y ya se han iniciado las labores de inhumación en el Valle de Hamón-Gog. [12] Es de público conocimiento que tanta cantidad de cadáveres descompuestos presenta un problema de contaminación sin igual que atrae aves, alimañas, virus, etc., por lo que es imperioso actuar con rapidez. La ONU ha enviado cientos de contenedores para ayudar con el recogido y evitar una pandemia bacteriológica por las condiciones de los cuerpos. Gracias a la naciones y a Izan por toda la ayuda que nos están brindando. Habiendo dicho esto, le pasaré el micrófono a una persona distinguida que merece un gran reconocimiento y admiración. Se

---

[12] Ez. 39:4

trata de la pieza clave de este proceso de cambio para nuestro pueblo. Un aplauso para Izan Wasckierd", propone Yosef.

El pueblo se pone de pie y aplaude durante 5 minutos Izan hace gestos para aquietar a la multitud que lo aclama y poder intervenir. Agradece: "Muchas gracias pueblo. No debería aceptar sus aplausos todavía pues mi sueño no se ha cumplido. Cuando arreglemos el país y este sea la cuna de una verdadera democracia, recién ahí vitoreen y aplaudan. Mi equipo está trabajando sin descanso para restablecer el sistema eléctrico, lo que incluye a los vehículos eléctricos. ¡Levantaremos a Israel! ¡Juntos lograremos cualquier cosa mientras sigamos unidos en un solo sentir!", dice mientras eleva la voz. El pueblo aplaude mientras Izan saluda y se desaparece.

Noticiero Nacional con Brycen Smith. "1:00 p.m. hora de Jacksonville, Florida. Cientos de vehículos fúnebres de todo el este de La Florida acaban de llegar al estadio de Jacksonville. El lugar está repleto de personas que esperan la apertura para rendirles tributo a los 1300 muertos ideológicos. En la arena de Jacksonville habrá un concierto cristiano a las 7:00 p.m. gratuito para el público. La seguridad de la ciudad está en alerta máxima en caso de otro ataque terrorista por parte del grupo "Limpieza JuCri&Mu". Según fuentes, el grupo ha amenazado con perpetrar un ataque terrorista al estadio, lo que ha llevado a las autoridades del departamento de Policía en conjunto con el FBI a reforzar la seguridad por toda la ciudad. Seguimos con la programación regular".

12:00 p.m. hora de Medellin, Colombia. El pastor Gamaliel Rodríguez conversa con su esposa.

- Mi amor, ¿quieres ir conmigo a la reunión con Jorge?

- No cariño, más bien cuando salgas me avisas para ir al centro comercial y comprar algunas cosas para mamá.

- Dale. Te llamo cuando termine. Acuérdate de hacer el cambio del dólar al peso colombiano.

1:00 p.m. hora de Caracas. El presidente Esteban observa desde la ventana a la multitud presente en los predios del Palacio Enzo Guerrero. Está en compañía de Víctor Armando Sandoval, vicepresidente de turno. Medita en voz alta:

- Cómo ha cambiado el mundo en estos últimos meses. Lo que para nuestro pueblo era imposible, se ha logrado gracias a la valentía de los venezolanos. Gran tristeza también la masacre de Jacksonville- suspira. ¿Por qué parece que a veces la gente carece del sentido humanístico?, ¿Por qué tanta maldad en nuestros corazones, Víctor? No se piensa si no en el bienestar propio más que en el del prójimo.

Víctor interviene:

- Yo me he planteado lo mismo y, con honestidad, he debido reconocer que también he sido una persona con raíces amargas por las cosas que viví y de las que fui testigo. Muchas veces le reprochaba a Dios por situaciones horrendas que se me presentaban en la vida, pero él abrió mis ojos y pude entender el propósito que tenía para conmigo.

- Víctor, una de las cosas por las que decidí que fueras nuestro presidente fue por tu transparencia y religiosidad. Dios está de tu lado y por tu gran corazón eres parte de este nuevo comienzo, dice con orgullo.

CAPÍTULO 24

EL ACONTECIMIENTO MUNDIAL DEL 29 DE JUNIO

1 Tesalonisenses 4:15-17

Noticiero Nacional, en vivo con un reporte desde el estadio de Jacksonville, Florida. "Buenas tardes. Les habla Brycen Smith. Ha ingresado el último ataúd producto del trágico desenlace generado por este grupo de intolerantes religiosos que irrumpieron violentamente a varias iglesias de la ciudad hace algunos días. Hoy, 29 de junio, es el día de la tolerancia religiosa en todo el mundo. El público presente ha acudido con pancartas de reflexión y de respeto hacia todas las religiones del mundo. En medio del clima de dolor y desconcierto, instan al gobierno a aprobar una ley en la que le otorgue poderes al Congreso para actuar a favor de las minorías religiosas.

Es la 1:30 p.m. y los encargados de los féretros están listos para que sus familiares los puedan reconocer. Sus nombres también están en los laterales de las cajas para su reconocimiento. En 30 minutos se permitirá la entrada al público, pero de forma ordenada para evitar que la aglomeraciones generen inconvenientes. Seguiremos con la programación regular hasta las 2:00 p.m., momento en el que se abrirán las puertas para que el público y la prensa puedan ingresar.

12:40 p.m. hora de Medellín. Gamaliel Rodríguez llega a la cafetería en Sabaneta al mismo tiempo que Jorge. Intercambian saludos:

- Me alegra que tú y tu equipo sigan con vida; lo que sucedió en Puerto Rico fue algo que nadie se hubiera imaginado.

- Igual usted, pastor. Siéntese, por favor. Esta entrevista quedó inconclusa pero aquí estamos para terminarla si todo marcha bien- dice con alegría.

El camarógrafo René Dávila comenta:

- Encenderé la cámara pero antes voy a ordenar el café y unos buñuelos para que los prueben. Son deliciosos.

12:43 p.m. Comienza la entrevista. Jorge interroga:

- Pastor, ¿cómo permite Dios que tantas personas se pierdan?

Gamaliel se quita sus espejuelos, como siempre hace cuando la pregunta es profunda, y responde:

- Dios no lo permite, las personas deciden qué camino tomar. Él quiere que cada individuo se arrepienta y viva en santidad una vida pura e íntegra. Nos toca la puerta a cada uno de nosotros.

- ¿A qué se refiere con eso de tocar la puerta?

Gamaliel cierra el puño y golpea suavemente la mesa tres veces y añade:

- Existen millones de puertas por todo el mundo: unas pequeñas, otras grandes, algunas de acero y otras de madera. Solo se puede ver dentro de la casa cuando el anfitrión lo desea; por lo demás, nadie sabe lo que sucede dentro. En cada rincón de la residencia hay personas con sufrimiento y dolor. Y aunque sus puertas tengan matices diferentes y permanezcan cerradas, aún así necesitan de mantenimiento y arreglo. Existen personas que asesinan, roban y cometen cosas indebidas secretamente, a puertas cerradas. Jesús llega, toca esa puerta, comienza a llamar para que abran y permitan que él sea el mejor huésped en medio de su dolor. Nadie mejor que él sabe por lo que ha pasado, por todas las noches a solas detrás de una puerta que muestra el estilo, el tamaño y la belleza que se desea mostrar. Él sabe que aunque no seas perfecto y haya cometido muchos errores, aún así hay esperanzas. Y lo seguirá haciendo, quizás con menos frecuencia pero lo hará. La entrada y la salida están a pocos metros, tal como abrir y cerrar la puerta son así de sencillos. Los que viven sin esperanzas, terminan poniendo un candado y botan la llave para no permitir ningún ingreso. Los golpes en la puerta cada vez se van alejando más; hay quienes sienten que es momento de abrir y permitir que Dios se encargue pero otros ni siquiera lo intentan. El tiempo se acaba, la oportunidad se ha perdido y el hogar comienza a quemarse con un fuego repentino, un fuego que se burla del orgullo y la negación a abrir la puerta.

Y es entonces cuando ya no hay vuelta atrás. Por más que pidas ayuda, nadie te escuchará. Dios no viola tu libre determinación de hacer lo que quieras, al contrario, te da la posibilidad de que llegues a él, como te ocurrió a ti Jorge. Entendiste que hay algo más que un simple Dios, comprendiste el llamado y tu vida cambió- dice con emoción.

Jorge sonríe y corresponde:

- El entender que Dios me da la oportunidad de salvación es lo más bello que me ha ocurrido.

12:55 p.m. René, después de grabar este segmento de la entrevista, se pone de pie y se dirige al barista:

- Disculpe, ¿cuándo estará el café? Por favor, caliente los buñuelos.

El barista se disculpa. Ha sido una mañana muy ajetreada. Se compromete a despachar el pedido con prontitud.

En la Casa Blanca Silva se dispone para almorzar con su familia. Su esposa lo acompaña. Todos se sientan a la mesa y comienzan a orar. Él se siente feliz de tenerlos y los observa con el rabillo del ojo mientras están inclinados bendiciendo los alimentos. Al concluir, Juleica declara:

- Espero que esta comida esté mejor que la lasaña de ayer, me cayó pésima-   todos acompañaron el comentario con risas.

- Te repetiste tres veces, probaste lo mejor, si no te has muerto comiendo de la tuya que nunca supera a la mía, entonces estarás bien- arremete con picardía su hermano.

- Deberíamos planear vacaciones en familia a algún lugar tranquilo y lejos de los problemas, se anima a plantear Jaime.

- Hay quorum para tu propuesta, cuñado. Podemos planear irnos a una cabaña en Hawái todos- comparte Kristhian.

René se levanta de su silla para recoger los cafés mientras en la televisión ha iniciado la transmisión con objeto de la apertura del estadio de Jacksonville. "Todo tiene un propósito y ellos son parte del plan de salvación", analiza Gamaliel.

Noticiero Nacional está en la entrada del estadio. El periodista Brycen Smith comienza su reporte.

"Buenas tardes, son las 2:00 p.m. en Jacksonville. Ya se han colocado los 1300 féretros en el estadio frente a la entrada. En unos minutos se permitirá el ingreso a los dolientes y personas que quieren unirse al duelo para darle el último adiós a las víctimas. Víctimas porque no pudieron despedirse de sus familias, no pudieron vivir como cualquier otra persona, tener una vida normal y de libre pensamiento.

Se acaban de abrir los portones. Tenemos ingreso exclusivo para llevarles a ustedes la información y las imágenes detrás de este encuentro fúnebre. Se han dispuesto listas para informar a las familias dónde está ubicado el ataúd que contiene el cadáver de su ser querido.

2:03 p.m. Se oyen fuertes gritos en lo que parece ser una gran discusión a unos metros de donde estamos. Vamos a acercarnos para ver lo que ocurre pues hay un clima de tensión creciente."

Brycen detiene a un señor y lo interroga:

- Disculpe, señor. ¿Qué sucede?.

El hombre, de ojos desorbitados, montado en confusión y descontento, responde:

- El cuerpo de mi esposa, que se supone que esté en el ataúd 567, no está.

Brycen le pide al camarógrafo que haga un paneo general de los féretros. De repente, se quedan de una pieza: los ataúdes están vacíos. No emiten sonido por algunos minutos hasta que desde los estudios les solicitan el panorama de la situación.

Brycen mira a la cámara y reporta:

- Tyrone, la gran mayoría de los féretros están vacíos. No tengo explicación de cómo sucedió esto, yo mismo pude ver cómo trajeron a los 1300 cuerpos en sus respectivos ataúdes. En estos momentos acaba de ingresar la policía y el FBI para retirar al público antes que se forme una histeria colectiva.

2:05 p.m. hora de Washington D.C., el jefe del servicio secreto acaba de darle la noticia al presidente sobre las desapariciones.

Kristian abandona el encuentro familiar cuando, súbitamente, escucha el sonido de muchos cubiertos caer de manera casi simultánea. Voltea la mirada a la mesa de comedor y ve vacías las sillas que ocupaban su esposa, Neicha, su cuñado Jaime, su hija pequeña Jay, Ney y Derreck. Solo Juleica permanecía. Lo único que quedaba de ellos era la ropa que tenían puesta.

El jefe del servicio secreto le comunica con ligereza:

- Señor presidente. Tenemos que seguir el protocolo de emergencia pues puede ser un ataque con algún arma de alta tecnología. Lo escoltaremos al búnker para que esté seguro.

El presidente, atónito por lo que acaba de suceder, balbucea: "Hermana, tenemos que irnos de aquí". Toma el brazo casi inerte de Juleica y se dirigen al búnker.

Noticiero de La Nueva Venezuela con una noticia de última hora. "Les habla Jeannier Otano. Tarde de incertidumbre a las 2:05 p.m. hora de Caracas. El público que está en el Palacio Enzo Guerrero está confundido por un extraño suceso en Jacksonville. Muchas personas gritan al no ver a sus seres queridos en los féretros" - manifiesta con asombro.

De pronto muchos de los presentes escuchan un sonido perturbador, como el de una trompeta desde el cielo. Otano y su camarógrafo corren hacia la tarima cuando, repentinamente en medio de la transmisión, la gran mayoría de las personas presentes desaparecen. Solo la ropa yace en el suelo. En medio de la perturbación y la confusión, los pocos que se quedaron comienzan a gritar a voz en cuello: "Cristo vino y nos quedamos", "¿Qué hice mal para que él me dejara aquí?", "¿Dónde están mis hijos?". Otros salen corriendo hacia el exterior cuando, de la nada, un vehículo a gran velocidad sin conductor, atropella a más de 15 personas. El camarógrafo de Jeannier centra su atención en un sonido profundo y creciente que proviene del cielo, cuando se percata de que se trata de un avión que va cayendo en picada hacia el Palacio. Comienza a grabar mientras se aleja de la zona.

El presidente Esteban presencia el espectáculo, boquiabierto. Busca al vicepresidente y se da cuenta de que él también ha desaparecido. Los guardaespaldas del presidente lo sacan de ahí; piensan que un ataque con un arma de alta tecnología está siendo manipulada para acabar con el gobierno. El avión se estrella destruyendo todo el Palacio y parte de los edificios aledaños. Los guardianes lo salvan y ponen en un vehículo blindado.

El reportero dice a la cadena de Noticias, casi como expresando un pensamiento en voz alta: "Nunca en mi carrera como reportero había visto algo así, ¡es como si fuera el fin del mundo!"

1:05 p.m. hora de Medellín. René está atento a los acontecimientos en Jacksonville. Toma la bandeja con los cafés mientras no aparta su mirada de la televisión. Dice: "Miren lo que acaba de suceder: los cuerpos se han desaparecido", dice incrédulo. Busca un rostro que aloje su escepticismo pero se da cuenta de que, de sus acompañantes, solo quedan sus prendas. La bandeja cae al piso y el líquido marrón oscuro deja una marca. René comienza a gritar y sale a la calle intentando encontrarlos. Cerca del parque de Sabaneta, varias motos impactan con vehículos sin chofer. Mira a su alrededor y muchas mujeres están gritando despavoridas. Una de ellas se acerca a él suplicando: "Por favor, ayúdeme a encontrar a mi hijo. Todos los bebés han desaparecido".

René corre hacia la estación del metro para ir a El Poblado desde La Estrella y, cuando llega, ve un sinnúmero de personas que espera para subir al transporte. El tren se aproxima, muchos de los familiares de los que están ahí desaparecieron sin dejar rastros y quieren ir a sus hogares en busca de ellos. El ferrocarril se acerca a gran velocidad cuando de repente, sin disminuir la marcha, choca estrepitosamente contra la pared de contención. Otra tragedia más que relatar con los tripulantes que mueren en la explosión. Los que observan el cuadro de terror saben que ese tren no tenía maquinista.

El acontecimiento es mundial: millones de personas acaban de desaparecer. Los ojos del mundo están puestos en los noticieros para saber qué es lo que realmente está sucediendo. En Río de Janeiro, Brasil, un avión comercial impacta en la estatua de Cristo Redentor estrellándose y derrumbándose al instante. En La Vernière, Francia, un tren que transportaba petróleo y sustancias altamente inflamables, explota causando una devastación de más de 100.000 personas muertas.

Todos los niños inocentes han desaparecido de la faz de la tierra. Hay quienes se atreven a conjeturar que fueron raptados por extraterrestres con sus naves; otros sostienen que es un arma de alta tecnología que se ha salido de control por un error científico. Las teorías, supuestos y disparates abundan por doquier.

Noticiero Nacional con Ángel Pedraza- " Son las 9:05 p.m. Jerusalén no es inmune a las desapariciones mundiales. Un grupo de la iglesia cristiana local, que alentó la cadena de oración a favor de la tolerancia religiosa mundial, acaba de desaparecer, sin contar los miles de bebés que se han esfumado por todo Israel. El primer ministro acaba de implementar la ley marcial efectiva desde las 10:00 p.m. del día de hoy hasta poder dar con los hechos que han originado esta situación inexplicable. El mundo está en estado de emergencia. La ONU, por su parte, quiere comenzar un censo mundial para que todos los países llevan a cabo el conteo a tiempo real de los desaparecidos. Además, implementará la Agenda Ola Sostenible para que todos los países en conjunto, puedan revertir poco a poco sus condiciones sociales emergentes". El comunicador ancla, interrumpe al reportero para informarle: "Ángel, te dejamos en línea unos minutos. Tenemos al presidente Silva a punto de dar un discurso para la nación".

"Ciudadanos de Estados Unidos y del mundo- inicia el presidente-. Los sucesos que han ocurrido a lo largo y ancho del planeta, escapan de nuestra comprensión. Fui testigo de la desaparición de mi esposa, de mi hermana, mi cuñado y mis sobrinos también. Convoco a mis socios de todos los países a que tengamos una reunión de emergencia para llegar analizar la situación y aunar criterios" —expresa con tristeza.

Se siente un gran dolor en el planeta, pero esto es solo el principio.

TERCERA PARTE

LOS QUE SE QUEDARON

CAPÍTULO 25

FIN DE LA VIEJA ERA Y LOS COMIENZOS

Noticiero Nacional con Brycen Smith. "Miedo a más desapariciones. Es 30 de junio de 2029 y el gran acontecimiento tiene a la humanidad aturdida. Todas las iglesias cristianas se encuentran al límite de su capacidad pues fieles y no tanto han acudido en busca de respuestas por las desapariciones mundiales. Nos encontramos en una de las iglesias cristianas más grandes del Estado de Texas, con el pastor líder.

- Pastor, ¿qué explicación tiene sobre este suceso?

- Las respuestas siempre han estado en las Escrituras. Pero muchos hicimos oídos sordos pues no queríamos escuchar ni aceptar el llamado.

- ¿Por qué usted y la mayoría de los de la congregación se quedaron? Según mis fuentes, el supuesto arrebatamiento sería solo para los elegidos, personas de fe - argumenta Brycen.

- Siento una gran tristeza por descarriar a todos en mi iglesia- anuncia con abatimiento- Solo predicábamos sobre nuestro yo interno. No nos importó en nada nuestra salvación. Yo pensaba que iba a ser parte del arrebatamiento pero, claro está, nuestro egoísmo nos llevó a la perdición.

Los niños y los pocos que desaparecieron en nuestra iglesia son los que mostraron nuestra vulnerabilidad ante los deseos mundanos. En realidad, no tengo palabras para enfrentar a la iglesia y ellos exigen una respuesta.

Brycen mira al Pastor con tristeza, luego observa a los presentes. Agrega a la cámara:

"Hay varias explicaciones que circulan sobre lo sucedido el día de ayer 29 de junio. Pero ¿en realidad todo es un plan de Dios? ¿O podría ser alguna tecnología creada por el hombre?" Brycen le hace señas al camarógrafo para que apague la cámara. Desconecta su micrófono y contempla en silencio a la multitud. Siente el dolor de cada uno de ellos, una especie de luto, un sentimiento de no esperanza, una muerte anunciada con un desenlace sin retorno.

Ángel Pedraza se encuentra en la iglesia cristiana sede en Jerusalén donde todos los fieles de la congregación desaparecieron. Una gran cantidad de judíos permanece de rodillas frente a la iglesia. El reportero se acerca al que piensa que es el líder y descubre con cierto asombro el libro que tiene entre sus manos: la Biblia.

- Disculpe caballero, no logro entender por qué usted siento judío, tiene la Biblia. Me confunde pensar si realmente Dios tuvo que ver con todo esto de los desaparecidos- expresa con sinceridad.

- Mi nombre es Yaniv Ben-Simón. ¿Ve todo ese grupo arrodillado? Ellos están conscientes de que todo esto es un plan de Dios. Somos parte de la gran guerra que se aproxima; todos, judíos y cristianos experimentaremos la persecución más grande de la historia de la humanidad. Le sugiero que se prepare para lo que viene. Almacene toda la comida y el agua potable que pueda, pero manténgalo en secreto. Sé que Dios no lo puso en Israel por casualidad. Los tiempos que vienen serán muy peligrosos. Nos hemos estado preparando para esto, día y noche orando y ayunando para que Dios nos guíe y nos prepare. Estuvimos callados sin revelar nuestra misión, esperando, pero el momento ha llegado. —dice el líder.

Ángel, por su parte, se ha quedado con más dudas que certezas. Pregunta:

- ¿Podemos hacerle unas preguntas para el Noticiero Nacional y para el mundo?

-Sí, estoy dispuesto. ¡Qué mejor momento!- esboza con alegría.

Ángel le da contexto a su entrevista:

- Hoy 2:00 p.m. hora de Jerusalén. Les habla Ángel Pedraza y nos encontramos frente a la iglesia cristiana central. Hay un gran numero de personas judías arrodilladas y clamando a Dios aunque la iglesia en estos momentos se encuentra cerrada. Tenemos al líder de este nuevo movimiento Yaniv Ben-Simón con el que intercambiaremos algunas preguntas. Señor Ben-Simón, ¿cuál es el plan de Dios para la humanidad?

- El arrepentimiento de la humanidad es el plan. Nos hemos burlado de todo lo relacionado con él; por eso, estos son tiempos en los que decidir si seguir el mismo camino de maldad o virar el rumbo a la salvación. No tienen ni idea de las cosas que están a punto de ocurrir- transmite con preocupación.

En las redes sociales se produjo gran revuelo por las declaraciones de Yaniv. Los cristianos de todo el mundo aprovechan la ocasión para remarcar que los sucesos calificados como extraños, en realidad, son divinos. Los que se quedaron están huyendo de sus casas por miedo a un exterminio religioso.

Izan Wasckierd y el primer ministro de Israel, Yosef, se reúnen a puertas cerradas. Mientras Yosef se prepara para dar su intervención, observa desde la ventana de su oficina a una gran multitud de personas desorientadas, a la espera de respuestas sobre las desapariciones. Izan toma café mientras mira las noticias del Noticiero Nacional.

- La única forma de calmar a la población sería objetar que no sabemos nada del asunto, que estamos en un halo de sorpresa al igual que ellos y que ese desconocimiento e ignorancia, si se quiere, nos alcanza a todos por igual. El presidente Silva está investigando las causas para llegar al fondo del problema- dice Izan.

- No logro entender cómo Dios, si es el responsable como dicen, permite esto. Intentaré comunicar calma y tranquilidad a la población -apunta Yosef.

"Pueblo israelí. Conciudadanos. Compatriotas. Sé que han venido a buscar respuestas sobre los acontecimientos recientes. Mi honestidad me lleva a decirles que aún no tenemos respuestas sobre lo sucedido. Hemos estado en comunicación con el presidente Silva para esclarecer la situación de los millones de desaparecidos alrededor del mundo. Les pido que oren para que Dios dé una señal. Mientras eso sucede, mantengamos la calma como pueblo- insta a la multitud.

El Noticiero Nacional está cubriendo el discurso de Yosef. Brycen Smith se arroba unos instantes intentando elucubrar la proximidad de Izan con el primero ministro y la gran suma de dinero que ha aportado para construir un espacio para los repatriados. El reportero estrella hará un reportaje especial que alimentará el odio hacia Izan y el mundo entero comenzará una gesta revolucionaria.

2 de julio de 2029. Un grupo extremista destruye el yate de Izan en el puerto de Haifa. No había tripulantes a bordo.

12 de agosto. Hubo un ataque a las petroleras Wasckierd en las costas de Venezuela.

15 de agosto. La ONU da a conocer los datos del Censo mundial de desaparecidos. Se calcula que 1.2 mil millones de personas, entre los que se cuenta la cifra alarmante de recién nacidos hasta los 5 años de edad en un recuento total de 995 millones. Los Noticieros de todo el mundo han reportando miles de avistamientos de objetos

voladores no identificados que surcan el planeta desde todos los flancos. Se reporta una coalición en las costas de Maui, Hawái, de dos F-35 que perseguían a un ovni. Hasta ahora no hay información sobre los pilotos. Se cree que murieron en el acto por la explosión.

CAPÍTULO 26

EL SUPUESTO VIRUS NTER-01

Noticiero Nacional con Brycen Smith. "Diciembre 26 de 2029. La sede de la ONU en Nairobi tiene una reunión con todos los países miembros para hablar sobre las investigaciones de las desapariciones de los 1.2 mil millones de personas. El secretario temporal, el señor Gran Nielsen, tiene la palabra. Escuchemos".

"Miembros de la organización. Tenemos los resultados de una cuidadosa y exhaustiva investigación sobre las desapariciones. Según el informe, la teoría de un arma de alta tecnología ha sido rechazada; el arrebatamiento religioso, por carecer de evidencias físicas, rechazada; la combustión espontánea, rechazada. Se concluyó que la desaparición de ADN, producto de los cambios drásticos climáticos en ciertos patógenos biológicos, provocó el surgimiento de un nuevo virus que actúa internamente generando una explosión que desintegra el organismo en microsegundos.

El Virus NTer-01 se autoerradicó, aunque hemos lanzado una campaña cuyo objetivo es el control de los químicos del aire y, además, estamos promoviendo el reemplazo sostenible de energía a sistemas de placas solares o turbinas de aire a un 100% en todas las compañías del mundo. Estas acciones tienden a curar el planeta"- informa el secretario.

Muchos de los miembros activos manifiestan disconformidad y escepticismo por el planteo. El presidente de Francia toma la palabra: "Buenos días, miembros. Nuestro país claramente está en desacuerdo. No se han presentado pruebas fidedignas y las afirmaciones carecen de sustento. Se habla de un virus que no está siquiera disponible para ser objeto de estudio. Solo se trata de una presunción científica, por lo tanto, es muy pronto para sacar conclusiones al azar"- dice, enérgico.

Los presentes le dan la razón al presidente francés, se oyen quejas y comentarios al respecto. El moderador trata de calmar los ánimos: "Por favor, orden en la sala. Aunque comprendemos su visión, no tenemos otra explicación sobre sucesos, ni siquiera cuerpos a los que realizarse estudios para confirmar o descartar. Creemos, según lógica y racionalidad, que un virus es lo más cercano a nuestras preguntas- expresa dubitativo. Por otro lado, mañana comenzaremos los planes para la votación del próximo secretario que se efectuará en diciembre 31. Recuerden que es muy importante que estén presentes. Se finaliza el temario de esta reunión así que pueden retirarse", dice a fin de quitar de en medio el tema controversial.

Canal 3 de Puerto Rico con una noticia de última hora. "Los dejados" han salido por todo el mundo en protestas masivas causando terror a la comunidad por las intervenciones del secretario de la ONU. Nos encontramos en una iglesia cristiana con el hermano del famoso pastor desaparecido Gamaliel Rodríguez. Señor Rodríguez, ¿qué debe hacer la población en estas circunstancias adversas?", pregunta el reportero.

- No hay nada que hacer ya, solo cuidarse. Está a punto de llegar al que todos esperan y él tendrá el poder absoluto sobre el planeta. Huyan y nunca entreguen su fe por nada. Estamos solo en el inicio de lo que vendrá- sostiene Rodríguez.

- Pasamos a los estudios de grabación por un hecho que acaba de ocurrir. Adelante, Héctor- dice el reportero.

"Ataque terrorista en Texas. Acaba de explotar la mega iglesia de Houston dejando un saldo de miles de fieles. Los hechos ocurrieron a las 8:00 a.m. hora de Houston, mientras los miembros de la iglesia se habían reunido para orar. El grupo terrorista JuCri&Mu se ha atribuido los ataques. El Estado de Texas aplicará la ley marcial para que nadie salga de sus casas", comunica el conductor noticiario.

Las burlas hacia los que se llama "Los dejados" no deja de crecer. Miles de videos en las redes sociales surgen con el lema sardónico ¿Por qué se quedaron? Uno de "los dejados" contesta a uno de los famosos youtubers que él y todos los que se burlan verán la ira de Dios, que solo es cuestión de tiempo. El youtuber no sostuvo la línea de conversaciones ni correspondió con videos que ironizaran el temple del ofuscado. Se retiró del canal simplemente.

Noticiero Nacional con Ángel Pedraza. "Las 8:20 p.m. hora en Jerusalén y hay más de 200.000 del grupo cristiano de "Los dejados" en el centro de la ciudad manifestándose a favor de nuevas leyes sobre el control religioso en Israel. "Los dejados" piensan que las medidas deben atribuirse a lo que ellos llaman como anticristo. Miembros de la policía, en conjunto con el ejército, están acuartelando el lugar para controlar a los protestantes. Mañana a las 8:00 a.m. se llevará a cabo una reunión con la ONU sobre el plan de Israel denominado Agenda Ola Sostenible. Seguiremos informando", concluye Ángel.

CAPÍTULO 27

EL ASESINATO DE IZAN WASCK-IERD

χξϛ Apocalipsis 13

Son las 7:30 a.m. del 27 de diciembre en Jerusalén. "Los dejados" se cuentan entre 250.000 y la cifra va en aumento. El planeta aguarda expectante el discurso de Yosef relativo al plan de la nueva agenda mundial. Los presidentes de la Liga árabe no están de acuerdo con el papel que quiere tener Israel ante el mundo y amenazan con otra invasión. Según ella, no intervendrán con soldados sino con ataques masivos nucleares.

El Grupo terrorista Siraei ha pergeñado un plan para asesinar a Izan cuando el discurso comience. La noche anterior ingresaron sigilosamente a la Gran Sinagoga y pusieron bombas alrededor del podio, listas para ser activadas en el momento justo.

7:40 a.m. el gran rabino Yitzhak Mizrahi está en su cuarto orando cuando, súbitamente, cae en un trance que lo arroja de su cama. Una voz le indica: "Permanece en tu cuarto hasta el tercer día; tú prepararás el camino del gran Mesías". El gran rabino se estremece y piensa que es el mismo Dios hablándole. Llama por teléfono a su secretaria y le dice: "Estos tres días no quiero ninguna interrupción. Necesito privacidad total"- pide, vehemente.

7:55 a.m. Yosef se está preparando para el discurso, pero piensa que es mejor que Izan intervenga en primer lugar ante los miembros constituyentes de la ONU. Le dice:

- Izan, te cedo la apertura para que puedas proseguir con los preparativos de las votaciones del 31. Mi discurso estará relacionado con las leyes sobre el control religioso. Ya envié un reporte de la agenda Ola Sostenible a la Liga árabe para que lo analice.

- Perfecto, Yosef. Así se hará.

7:57 a.m. En la Gran Sinagoga de Jerusalén están los miembros de la Mosad, encubiertos para la seguridad del presidente.

7:58 a.m. El grupo de Siraei están dispersados entre la multitud para asegurarse de que todo proceda según el plan.

8:00 a.m. El orador sube al podio y le da la bienvenida a los presentes.

8:10 a.m. Izan Wasckierd se presenta como primer discursante. El público presente lo ovaciona como si fuera el primer ministro. Izan estrecha la mano del orador mientras el líder del grupo terrorista, que reposa en Siria, espera la señal gestual que activará las bombas. Wasckierd extiende sus manos mientras el público aplaude y en ese instante la plataforma se eleva con fiereza por la fuerza explosiva lanzándolo sin piedad por los aires. Los cuatro candelabros que circundaban el podio, salieron disparados con propulsión. Cuatro espadas decorativas de 3 metros de acero que estaban en la pared salen volando. Una de las espadas impacta en la boca de Izan, quien estaba intentando ponerse de pie, sale por la parte trasera del cuello, quiebra sus huesos y lo clava al piso. Varias personas graban el siniestro momento y lo comparten en redes sociales causando un alboroto mundial. El grupo de seguridad de Izan y del gobierno, traslada su cuerpo al hospital más cercano.

Noticiero Nacional con Ángel Pedraza desde Jerusalén con una impactante noticia de última hora. "Siendo las 8:17 a.m. Izan Wasckierd es declarado muerto. La noticia que ha trascendido sume al pueblo de Israel en una profunda tristeza y conmoción. Piensan que los esfuerzos de Izan por reunir a los israelitas de todo el mundo, aunque una gran hazaña, será infructuosa. El magnate usó el 50% de su fortuna para ayudar al pueblo. Su visión será recordada por generaciones. El atentado dejó el saldo de 17 personas con heridas de gravedad y la trágica muerte del magnate. Aún ningún grupo se ha adjudicado el ataque".

9:00 a.m. el primer ministro inicia la investigación sobre el ataque. Sospechan que "Los Dejados" tienen que ver con esta agresión.

Ángel renueva comunicación con los estudios centrales.

- Tenemos a la persona a cargo de las protestas de los llamados "Los Dejados". Señor Freddy Cintrón, ¿su grupo tuvo algo que ver con el atentado?

- No lo puedo negar ni afirmar. Esperemos que no; lo que puedo decir es que Izan tiene muchas características de la bestia que se menciona en el capítulo 13 de Apocalipsis, dice Freddy.

- ¿A qué se refiere con eso de la bestia? —pregunta Ángel un tanto confundido por lo que Freddy acaba de decir.

Freddy saca la Biblia y argumenta.

- Si él resucita por la herida de muerte, les exhorto a todos "Los Dejados" que huyan y no digan ni a sus familiares para dónde van. Estamos en peligro, no le den la espalda a Dios, no se dejen marcar el número de la bestia- dice y regresa con el grupo sin dar más explicaciones.

Ángel queda callado por unos segundos, lo que ha sucedido le resulta incomprensible y hasta rebuscado. Brycen desde la casa central lo devuelve a la transmisión:

- Ángel, ¿me puedes escuchar? ¿Cómo está el primer ministro Yosef Abramov?

- El primer ministro está en una cruzada incansable de búsqueda para dar con los perpetradores del asesinato de Izan. El Mosad, según mis fuentes, responsabiliza al grupo terrorista Siraei y han comenzado a circular unos videos de vigilancia que muestra una camioneta que ingresó anoche al estacionamiento de la sinagoga. Las cámaras pudieron reconocer a uno de los conductores gracias a la tecnología de reconocimiento facial. Se cree que esa persona es el segundo en mando de la organización terrorista. Pero hasta el momento el grupo no se ha atribuido el ataque. Seguiremos informando- finaliza Ángel.

CUARTA PARTE

EL DESPERTAR DEL ANTICRISTO

APOCALIPSIS 13, 2 TESALONISENSES 2 Y DANIEL 7:8

XΞϚυστρισκריטנא

CAPÍTULO 28

LA UNCIÓN DEL USURPADOR

Apocalipsis 13

Noticiero Nacional con Ángel Pedraza reportando desde Jerusalén. "Hoy, 28 de diciembre de 2029, hora 8:17 a.m. y ya han pasado 24 horas exactas desde la muerte del magnate Izan Wasckierd. El afligido pueblo de Israel llora su asesinato. El cuerpo será expuesto en el Muro de los Lamentos para que el público pueda asistir a la ceremonia desde la tarde de hoy. El sepelio será el 30 de diciembre a las 11:00 a.m. en el cementerio del Monte de Zion. Allí se prodigará el último adiós a una persona que mantuvo su sueño, luchó por sus ideales y hoy se considera un mártir. Regresamos a nuestros estudios".

Una ola masiva de venta de pasajes aéreos se ha descontrolado. Compatriotas y simpatizantes desean asistir al entierro. El evento será televisado para el mundo.

Freddy, el líder de "Los Dejados" en Jerusalén, alude a la muerte de Izan. "Hermanos, en estos momentos de oscuridad no veo esperanza. La próxima ceremonia de Izan en la sede sagrada del Muro de los Lamentos me hace pensar que este es el principio del nuevo orden mundial y, como saben, el rey soberano tiene nombre, Izan Wasckierd. En ustedes está decidir si quieren continuar la lucha o regresar a sus respectivos países. Por mi parte, seguiré apostando a la resistencia"- expresa con convicción.

En Estados Unidos, el presidente Silva dialoga con el presidente Yang Wang y con el nuevo presidente de Rusia, Yaroslav Magomedov, sobre la tensión mundial. Estados Unidos retiró sus tropas del oriente de China hace 2 meses y firmó un tratado de paz con ambas naciones. Rusia, por su parte, ha democratizado el país con un gobierno transparente que ha sido bien acogido por el pueblo.

- Saludos, colegas. Nuestros países continúan siendo la columna vertebral de cualquier estamento mundial. Movemos y sentamos las bases de la economía y más aún, el esfuerzo mancomunado de los tres países busca detener la hambruna que se hace presente cual daño colateral de las guerras. Debemos implementar estrategias de creación de empleos en las partes agrícolas y ganaderas para sacar flote a nuestros países- plantea Silva.

- China está dispuesta a incrementar la mano de obra para sostener el avance y expandir los cultivos- acuerda Yang.

- Nuestro pueblo se asienta en el progreso por lo que hemos mejorado la tecnología para que los cultivos sean más eficientes, rápidos y abundantes. Cuenten con nosotros- dice Magomedov con emoción.

4:00 p.m. hora de Jerusalén. En el Muro de los Lamentos, acaban de poner el cuerpo de Izan Wasckierd en una carpa especial para cuidar del féretro. Hay una innumerable fila de personas que quieren ver el cuerpo. El equipo de seguridad está en alerta máxima para evitar que "Los Dejados" atenten contra el cuerpo. Hay mucha tensión por su muerte y quieren evitar que suceda una excitación colectiva.

30 de diciembre, 10:30 a.m. El Muro de los Lamentos está al máximo de su capacidad. Los Noticieros de todo el mundo y las redes sociales están transmitiendo en vivo el acto fúnebre. Se estima que hay más de 5 billones de personas que están viendo la transmisión.

Noticiero Nacional con Ángel Pedraza desde el Muro de los Lamentos. "Nos encontramos en las inmediaciones del muro para transmitir en vivo la ceremonia de despedida de Izan. El lugar está fuertemente custodiado por la policía y el ejército. El gran rabino, Yitzhak Mizrahi, que según fuentes no se encontraba bien de salud, está a punto de arribar a la ceremonia para dar una conferencia antes de que inhumen los restos. Aguardamos las palabras del rabí".

El hombre sube al podio, mira el féretro de Izan, se quita el calzado y se acerca. Voltea la mirada hacia el público en silencio sepulcral y desde sus entrañas trasluce una sonora carcajada que deja estupefactos a quienes lo observan. Acto seguido, extiende las palmas de sus manos y pronuncia:

"Dos personas y un asesinato en un parque. ¿Cómo advertirle del peligro a un sordomudo que está ocupado leyendo y a otro que no puede percibir la escena porque es ciego y solo escucha el bullicio? El atacante, apunta al sordomudo y lo asesina. En cambio, el ciego logra esconderse aunque el asesino no sabe de ello. ¿Se habría podido salvar el sordomudo? Por supuesto, si se hubiera concentrado en todo lo que le aportaba la escena, tal como hizo el ciego. Por su instinto de supervivencia, milagrosamente volvió a ver. Yo estoy aquí para bautizar al ungido. ¡Hoy es el primer día del nuevo orden!" —dice el gran rabino. Regresa al féretro, pone sus manos sobre la herida que le dio muerte en la cabeza y la cubre. Hace una extraña oración y concluye diciendo: "Que el poder absoluto y la autoridad descienda sobre ti" De repente, una extraña luz azul como de una antorcha, desciende del cielo y descansa sobre la cabeza de Izan. Todos están atónitos por la visión. [13]El gran rabino se aparta de Izan y él se incorpora. La luz azul sigue sobre su cabeza. El público estalla y, entre llantos y perplejidad, dice que es un milagro de Dios.

El grupo de "Los Dejados" está afuera tratando de entrar para asesinar a Izan, pero la policía crea una barricada para alejarlos. Izan sale del féretro, toma el calzado del gran rabino y se los coloca mientras escucha una profusión de lamentos por el evento sobrenatural. Ángel, por su parte, recuerda lo que dijo el guía Yaniv Ben-Simón y el líder de Los Dejados, Freddy Cintrón. Queda petrificado y está buscando la forma de salir del lugar. Mientras, a las afueras de muro, un miembro del nuevo movimiento de Yaniv Ben-Simón le pide a Freddy que salga lo antes posible. Freddy

---

[13] Apoc. 13:3

advierte a todos los que puede que es momento de huir. Izan ya ha tomado un micrófono y comienza a pronunciar sus primeras palabras luego de su resurrección:

"Este calzado representa el cambio, la llama azul, el premio de mi gran creación: el ser humano. Por miles de años esperaron que trajera a los judíos a su tierra. Bueno, pues, esa larga espera del Mesías ha sido recompensada. Yo soy el alfa y la omega y mi reinado en la tierra asienta sus bases desde este momento", pronuncia con convicción. En las áreas externas al recinto, un grupo de 275.000 de "Los Dejados" atacan a los policías y soldados que custodian. Los presentes en la ceremonia están asustados por el gran alboroto y temen por sus vidas. El gran rabino extiende sus manos al cielo y pregunta al público y a los 5 billones de televidentes: [14]"¿Todavía no creen en el poder del Gran Creador?" Las nubes se amontonan sobre él, el cielo se oscurece como cuando anuncia una tormenta y un fuego azul se desprende pulverizando a todos "Los Dejados". Muerte súbita.

Las cámaras de cobertura internacional han captado el momento y toda nación en el mundo interpreta el suceso como la incipiente llegada del mesías. El gran rabino se acerca a Izan y lo abraza; pone su mano izquierda sobre el hombro del resucitado y con una faz apacible, dice: "Pueblos del mundo, adoren a su creador. El tiempo de recoger cosecha abundante, ha llegado; inclínense y verán su gloria". El 95% de la población desde sus casas, bares, lu-

[14] Apoc. 13:7

gares de trabajos se postran, "pues el dios ha llegado"- comunica el rabí.

"Las guerras serán erradicadas, no se levantará ningún país para atacar a otro. Las religiones mundiales en este momento serán eliminadas, no hay otra religión que la adoración de su creador. Por miles de años permití que me buscaran, pero ustedes son culpables de sus actos, de las luchas por creencias que han dividido a cada persona en el planeta tierra. El Dios que han adorado nunca existió, Jesús fue una fábula del mejor cuento de la historia. Yo soy real, el creador de mundos, el que murió y se levanta para mostrar su poder. Los 1.2 mil millones de desaparecidos están en mi lugar celestial, minuciosamente he escogido a los mejores y más puros de mi rebaño. Los avistamientos de los que han sido testigos son parte de mi legión celeste. Millones de ellos están con nosotros, y son parte de mi nuevo ejército"- expresa el que se hace llamar altísimo. Levanta su mirada al cielo, extiende sus manos y ordena: "Legión celeste, muestren mi poder pues la nueva era esta a punto de comenzar". Miles de ovnis de todos los tamaños sobrevuelan Israel como si fuera un enjambre de abejas. Una de las naves se postra por encima del Muro de los Lamentos, abre su compuerta e Izan y el gran rabino comienzan el ascenso a vista de multitudes.

"A todo ciudadano del mundo, establezco que es hora de despojarse de la suciedad. Quemen y destruyan todo símbolo religioso pues el creador de mundos es el único y verdadero"- dictamina el gran rabino. Ingresan a la nave y la legión celeste se aleja a gran velocidad. Todos los presentes sienten un poder sobrenatural que estremece sus cuerpos y los obliga a caer de rodillas.

La destrucción masiva de libros religiosos ha comenzado. La Biblia se ha convertido en un tema de burla pues los que han presenciado los acontecimientos expresan su firme deseo de adorar al creador de mundos. Estados Unidos, por su parte, protege a más de 50 millones de "Los Dejados" para que no se geste una guerra civil. El presidente Silva hace su aparición en un discurso de emergencia.

"Ciudadanos americanos, les pedimos calma y raciocinio. Hace algún tiempo, personas de mi ámbito familiar me advirtieron de este momento, de la figura del Anticristo. Recuerdo haber pensado que se trataba de una farsa, pero los acontecimientos actuales me obligan a replantearme mis registros. Esta nación no debe ceder el poder al supuesto Anticristo. No se dejen engañar", dice con firmeza de carácter.

Tras la partida, Izan y el gran rabino aparecen en la sede de la ONU en Nairobi, Kenia. Los miles de ovnis están alrededor de la central mientras la nave principal abre su escotilla y una luz radiante sale de la nave. Los guardias están aterrados por lo que ven. Una potente voz desde el interior dice: "No teman, hemos venido en son de paz, no queremos guerra". El secretario temporal, el señor Gran Nielsen, ordena a sus guardias que bajen las armas mientras se dirige hacia la nave principal. De allí bajan tres: Izan, el gran rabino y un ser que no parece humano, que dobla el tamaño de los primeros dos. Los guardias le preguntan al secretario:

- Señor secretario, ¿qué hacemos?.

- Esperen aquí y no se muevan. Quizás pueda comunicarme con ellos- dice inquieto.

Izan camina hacia el secretario. Conversan:

- Izan, ¿a qué se debe esta extraña visita?- pregunta entre tímido y curioso.

- Secretario, tal vez no comprenda del todo el curso de los sucesos en Jerusalén, por eso he venido a dar mi parte en la ONU- dice en un tono apacible.

El tercer ser, símil de humano, posee características nórdicas. Mide 3 metros y medio, tiene ojos azules, una abultada barba blanca con muchas trenzas y un casco en forma de dragón con dos cuernos parecidos a los de un carnero. Cada mano tiene seis dedos, su vestimenta parece imitar una armadura de la época de los romanos. En su mano izquierda lleva un extraño bolso. Saluda al secretario a su modo: cerrando el puño derecho y sacando el sexto dedo. El secretario ordena a sus guardias que los dejen pasar.

Los representantes de los países miembros están en la sala de reunión de la sede. Los tres llegan al lugar mientras los demás están petrificados, no solo por el corpulento hombre que parece ser un extraterrestre, sino porque tienen fresco aún el recuerdo de Izan clavado al suelo.

CAPÍTULO 29

LA DISTRIBUCIÓN MUNDIAL DEL CREADOR

Apocalipsis 17:12-18, Daniel 8:8-14, 23-25a.

שנה א' של איזן

(Año 1 de Izan)

Izan se acerca al micrófono decidido a comunicar: "Ha llegado el momento de cambiar el mundo, es tiempo de mostrar mi poder, de crear un sistema nuevo. Un sistema en que la raza humana pueda estar en armonía, en el que solo haya una religión: la que se dirija a mí. Soy el creador de mundos, el que pondrá orden en mi jardín, haré del planeta Tierra el mejor desde que lo creé. Sé que muchos de ustedes se preguntan ¿Quién es este ser?, mientras señala al gigantesco hombre. Les presento a Nimrod II y es el gran guardián de la legión celeste, los ángeles que han estado protegiendo la tierra. Se establecerán en cada ciudad capital del mundo para contribuir con el progreso y el cambio universal.

Por la irresponsabilidad de la raza humana, controlaré la comida hasta que podamos recoger los frutos de la tierra en abundancia. Ya casi no quedan espacios para el cultivo y muchos de los animales están en peligro de extinción. El sistema traerá alegría a todos los hogares y será tanta la abundancia, que todos estarán en armonía. Ya no habrá más odio entre ustedes, solo amor. Los que me acepten como su dios, serán recompensados, los bendeciré y nada les faltará; pero los se opongan, serán encerrados en prisiones preventivas hasta que reconsideren su devoción.

Se preguntarán: ¿Cómo convencerá a los que no quieren adorarme? Sencillo, a partir del primero de enero del 2030 habrá un censo para la población mundial. Llenarán una aplicación renunciando al viejo orden y se les pondrá un sello en la mano derecha. A quienes carezcan de falange derecha, se le pondrá en la frente", explica Izan.

[15] Nimrod II saca de un bolso una imagen de Izan que mide 13 centímetros de alto, la coloca sobre el podio y pronuncia una plegaria extraña con un lenguaje indescifrable. Acto seguido, el gran rabino se acerca, sopla la imagen y comienza a moverse. Todos los espectadores no salen del asombro, la estatua comienza a hablar y acusa: "El que no se ponga la marca estará en desobediencia de mí, será castigado" —dice con autoridad.

Varios miembros de la ONU se levantan y gritan: "No me voy a doblegar ante Satanás". De la imagen sale un rayo azul que polvoriza a los detractores. Las personas en todo el mundo ven el acontecimiento como una instrucción a obedecer. El 70% de "Los Dejados" se someten también y se

---

[15] Apoc. 13:15,4

unen a la quema de toda cosa religiosa por orden del creador de mundos.

"Enviaremos el manual del creador a cada casa del planeta Tierra. Este les enseñará cómo adorar al verdadero dios. Tiene reglas básicas de cómo no caer en pecado. Será fácil respetar y adorar al creador de mundos", garantiza el gran rabino.

Los miembros de la ONU ovacionan a Izan y el secretario temporal de la organización sabe que debe cederle el puesto al creador. Izan se vuelve a dirigir a la asamblea: "El planeta Tierra se dividirá en 7 reinos y cada uno tendrá la sede en la ciudad más importante de esa región. 1) El reino de Oceanía tendrá su sede en Sidney, 2) el reino de Asia tendrá su sede en Colombo, Sir-Lanka. China queda excluida como superpotencia y rendirá cuentas solo al reino asiático. 3) Medio Oriente, su sede queda en manos de Jerusalén; Rusia, excluida como potencia y rendirá cuentas al reino del Medio Oriente. 4) Reino africano tendrá su sede en Nairobi; 5) Reino de América del Norte, con su sede en Ciudad de México; Estados Unidos, excluida como superpotencia y rendirá cuentas al reino de Norteamérica. 6) Reino de América del Sur. Su sede queda en Medellín, Colombia. 7) Reino de Izan, tendrá su base en el Vaticano y allí cada reino me tendrá que informar y rendir cuentas. En unos minutos estaré en el Vaticano para iniciar la Agenda Ola Sostenible. No teman porque yo seré el que los saque de la oscuridad", refiere con autoridad.

Los tres se despiden mientras una bola de luz color rojo sale de la nave principal y los arropa, desapareciendo en el acto. Unos minutos después, las naves hacen presencia en la santa sede y el Papa los recibe. Se arrodilla frente a Izan y pronuncia: "Eres nuestro salvador, estábamos equivocados pero ahora nos tienes a tu servicio", expresa conmovido.

Estados Unidos, Rusia y China acaban de declararle la guerra a Izan y a sus legiones celestes. Una decena de misiles hipersónicos acaban de ser lanzados con rumbo al Vaticano. La mitad de los platillos voladores salen del lugar a una velocidad inexplicable y en fracción de segundos aniquilan los proyectiles, succionando la explosión nuclear y atrapando el hongo dentro de las naves. Los testigos no pueden explicar el suceso pues no existe esa clase de tecnología vanguardista aún.

El presidente Silva impone la ley marcial para la población, mientras el pueblo estadounidense está maravillado por el creador de mundos, así que se produce una ola de protestas contra el lanzamiento de misiles. Izan, por su parte, observa desde la ventana papal a las miles de personas que están a los alrededores ovacionándolo. "Mi humanidad, verán mi gloria muy pronto", dice mientras saluda al público. Luego se dirige a Nimrod II y al gran rabino: "El primero de enero haré mi aparición en Jerusalén para comenzar mi reinado total".

Noticiero Nacional con un reportaje especial desde Jerusalén con Ángel Pedraza. "Buenos días y feliz Año Nuevo. 1 de enero de 2030, son las 8:30 a.m. en Israel y en estos momentos nos encontramos en lo que era el Domo de la Roca, lugar donde el creador de mundos estará dando su esperado discurso. Es de público conocimiento que los ataques de Estados Unidos, Rusia y China contra el Vaticano fueron interceptados por la legión celeste. Hay grandes manifestaciones en todos los lugares a favor del plan de un orden mundial en el que se dividirá el mundo en 7 reinos. La ONU apoya al 100 % la estrategia gubernamental y el secretario temporal le cedió su puesto a Izan para dirigir. Escuchemos lo que tiene para decir el hombre que se autoproclama como dios".

"Hoy, 1 de enero de 2030, según el nacimiento de Cristo, han pasado 2030 años de cautiverio religioso, años en los que mi humanidad cayó en desgracia por desobedientes. Creyeron en un sueño que carecía de verdad y esa verdad que nunca los hizo libres, los llevó al abismo de la mentira. Ese Dios que adoraban nunca existió, la Biblia fue creada para seguir el patrón del movimiento anti-romano y siguió hasta nuestros tiempos. Pero yo vengo para aniquilar el sistema opresor, vengo a establecer libertad", declara Izan mientras sus adeptos prorrumpen en aplausos. Y añade: [16]"Desde hoy comenzará la división de los 7 reinos; hubiera querido que fueran 10, pero dada la desobediencia e incredulidad de Rusia, Estados Unidos y China, serán destituidos. El 2030 no será tal, desde hoy comenzamos la nueva era, la era de Izan, el año uno de mi gobernar. El censo mundial ha finalizado y en unas horas enviaremos por in-

---

[16] Dn. 7:24-25, Apoc. 13:16-18

ternet el documento que llenarán para luego, por decreto, colocarse mi marca de identificación sostenible. Con ella podrán andar libremente, manejar, ir de compras, pagar sin necesidad de tarjetas de crédito o de una tarjeta médica. Aquel ciudadano que no quiera ponerse la marca de identificación sostenible, será arrestado, indoctrinado y ejecutado por traición a su dios.

Por otro lado, en unas horas comenzará el reseteo financiero y las deudas de cada individuo quedarán a foja cero. El paraíso acaba de descender, está aquí, disfrutemos de la próxima abundancia permanente", finaliza.

Noticiero Nacional con un boletín de última hora de la mano de Brycen Smith. "´El mundo ya cuenta con esperanza´, así dicen las personas alrededor del mundo por la noticia de Izan. El presidente Silva no acepta sus términos y lo acusa de "ursupador". El gobierno está haciendo un llamado a todos los americanos que viven fuera de la nación para que regresen a los Estados Unidos. En el Estado de Kentucky, el gobierno propuso a sus coterráneos renunciar a la ciudadania americana y convertirse en un país independiente de los Estados Unidos. Miles de los llamados "Los dejados" han huido por miedo a ser violentados por los revolucionarios. En estos momentos, el gobierno del Estado de Kentucky está llevando a cabo votaciones para iniciar su separatismo.

Pensilvania, Illinois y Connecticut los imitarán para independizarse. Por su parte, el gobernador de Florida pide calma y aconseja que no tomen decisiones precipitadas.

En todas las ciudades principales de los Estados Unidos, han llegado grandes platillos voladores de las legiones celestes. El presidente Silva emitió un ultimátum de 24 horas para que Izan retire sus juguetes de cielo norteamericano. "Es una provocación y nuestra nación no va a tolerar el atrevimiento, el acoso y la coacción de las libertades individuales", deja caer con ira.

CAPÍTULO 30

DESINTEGRACIÓN DE LOS ESTADOS UNIDOS

Día 2 del año de Izan

Noticiero Nacional con una exclusiva desde Chicago, Illinois con Brycen Smith. "8:00 a.m., 2 de enero del año vigente. Hay una fuerte protesta en la ciudad para que el gobierno federal permita la salida del estado de Kentucky de los fueros de Estados Unidos. El presidente Silva está pronunciando un discurso en vivo. Escuchemos lo que dirá."

"Esta nación desde su fundación ha preservado los derechos humanos de cada individuo. Hemos visto cómo y a pesar de todos los ataques que dentro y fuera de nuestro territorio, nos hemos levantado. No se dejen engañar por las trampas ingeniosamente planeadas de Izan, ¿acaso no pueden ver que este personaje es el Anticristo? Todo es obvio en esta nueva era, todo está pasando tan rápido que están ciegos. No se pongan la marca por ningún motivo, nadie dirigirá a nuestra nación y menos al hijo de Satanás. Queda terminantemente prohibido obtener la marca de la bestia. No se le dará el paso a nadie que la posea. ¡Defenderemos nuestra nación con sangre si es necesario! Izan, tienes 6 horas para retirar las naves, si no atacaremos sin piedad", dispara con violencia.

Brycen continúa su reporte: "Los gobiernos de Rusia y China atacaron a las naves que se encuentran merodeando sus territorios. Pero sus misiles fueron interceptados y succionados por las naves. En el palacio de gobierno chino, la nave más grande que estaba por encima de la casa real, abrió una escotilla, soltó una luz que dio contra el suelo y 4 seres bajaron. Su apariencia es muy similar a la de Nimrod II. Los soldados chinos intentan disparar, pero la presencia de los seres los desintegra en el acto", testifica el reportero. Y prosigue: "Cada pisada que dan deja una huella como de fuego derretido. Se pueden ver dos francotiradores que están sobre un edificio cerca del palacio. Disparan. El jefe de los platillos se da cuenta y voltea, casi a la velocidad de la luz, y detiene con sus dedos las balas que se dirigen hacia ellos. Uno de los extraterrestres levanta su mano izquierda y con una fuerza de atracción, atrae a los francotiradores hacia ellos. Yacen en el suelo mientras el líder se ríe y les aplasta las cabezas", relata Brycen temeroso y como viviendo en una realidad paralela. "Hasta ahora no se sabe del paradero de Yang Wang, los seres están entrando en el palacio sin ningún problema. Los soldados que quedan acaba de huir del lugar por miedo a correr la misma suerte que sus compañeros. Pasamos a nuestro estudio", cierra el reportero.

El líder de los seres llega a la oficina presidencial del presidente Yang Wang. Uno de ellos toma el escritorio del presidente y lo arroja por la ventana. El trío busca a los empleados del gobierno y a los de la prensa para que comiencen a firmar.

"Saludos al dios Izan. En este momento y bajo su bendición, nos haremos cargo de China. Yo Gibborim III hago uso de mi facultad de líder para traer paz en esta región del reino asiático. Los demás Nefilim y yo controlaremos y ayudaremos a establecer la Agenda Ola Sostenible", refiere Gibborim III.

Rusia cedió la potestad de gobierno por miedo a que mueran más personas. Mientras, en Estados Unidos las protestas se han extendido por todo lugar y rincón. El pueblo pide la destitución del presidente Silva y la intervención del creador de mundos para que reinar sobre el país. En Washington D.C. hay más de 3 millones de personas manifestándose en los predios de la Casa Blanca, voceando y solicitando la renuncia del presidente Silva. Él está en la oficina oval con sus personas de confianza. En los pasillos, los empleados van de acá para allá asustados. Todos temen que se genere una enfermedad psicógena masiva y los que están haciendo disturbios masacren todo lo que está a su paso.

"Señor presidente. Tenemos que irnos de aquí, el helicóptero lo llevará a un lugar seguro", dice el líder del servicio secreto. Silva toma su maletín y se va con 4 oficiales hacia el patio para montarse en el helicóptero. En simultáneo, un vehículo blindado rompe el portón de entrada y desata una balacera entre el servicio secreto y los protestantes. Silva observa con terror todo lo que sucede mientras se eleva: miles de personas penetran la Casa Blanca gritando de alegría. También, ve cómo de la nave que está por encima de la ciudad de Washington sale un ser descendiendo como si flotara. Se trata de Nimrod II. Los millones de protestantes quedan en silencio y luego se arrodillan ante su presencia. Él, con la potente voz que lo caracteriza, declara: "Este territorio me pertenece, ya es parte del reino de Norte América. Desde este momento Estados Unidos no existe, ciudad de México es su capital".

El destronado presidente Silva se dirigió en avión de forma incógnita para Puerto Rico y así evitar ser arrestado por parte de Izan. Todos los estados de la nación están a punto de desaparecer, pronto serán llamados distritos como parte del reino del norte.

El país más poderoso del mundo, jamás igualado en la historia de la humanidad, acaba de sucumbir. El brillo se desvanece y da paso a los 7 imperios mundiales.

CAPÍTULO 31

PACTO DE PAZ EN ISRAEL Y LA CONSTRUCCIÓN DEL TERCER TEMPLO

Daniel 9:27, 2 Tesalonisenses 2:3-4, Apocalipsis 11:1-2

Noticiero Nacional con Brycen Smith. "Día 3 de Izan, en el reino del norte. Son las 6 de la mañana, una mañana que vislumbra los restos de la gloria que ostentaba la potencia mundial conocida como los Estados Unidos de Norte América. El pueblo tiene fe en el creador de mundos para restablecer el orden y asimilar el nuevo sistema de gobierno. En unos días comenzará el nuevo sistema monetario digital mundial y ya está disponible la forma LB666 para solicitar la marca de la identificación sostenible.

Para los que no tengan la facilidad de entrar a internet y por decreto de Izan, se les proporcionará una computadora, cortesía del dios de dioses, para que se pueda agilizar el conteo. Recordamos que se dijo que aquella persona que no se ponga la marca no disfrutará de los beneficios mundiales que Izan ofrece. Pasamos al reportero Ángel Pedraza para un boletín de última hora en las ruinas del Domo de la Roca".

Ángel comienza su informe: "El día más esperado de la historia, los líderes de todos los reinos están presentes para aguardar la llegada del creador de mundos. La humanidad ha visto cómo el planeta se prepara para el nuevo sistema, un sistema que es prometedor para la subsistencia actual y la de nuestros hijos. Izan acaba de llegar, escuchemos lo que tiene para decir".

Izan y el gran rabino se aproximan al estrado, mientras la imagen Izan, que salió del bolso de Nimrod, aparece en el aire.

"Mis santos de todo el planeta Tierra. Hoy es un día de celebración, comienza la paz que tanto esperamos desde los inicios. En este lugar los 7 reinos firmaremos la paz absoluta entre Israel y el mundo entero. Líderes de los siete reinos acérquense a la mesa, ¿están listos?", pregunta Izan y todos correspondieron con un aplauso atronador. Firmar; los líderes le besan la mano a Izan como una muestra de respeto y adoración.

Izan se ha presentado lleno de buenas nuevas. Dice: "Otra sorpresa para los israelitas y el mundo en general. Como saben, en Jerusalén tenemos todos los materiales de construcción para el tercer templo. Aunque su construcción era imposible, por mi misericordia lo haré posible. En mis naves de las legiones tengo el mejor equipo de construcción. En una semana levantaré el templo y pondré mi imagen para que lo adoren con el sacrificio del cordero, como lo hacían los hebreos", anuncia el creador.

Dos personas con un atuendo extraño como de sacerdotes aparecen con dos trompetas largas de plata y dejan sonar una melodía única. Todos los presentes se sienten impulsados a adorar a Izan y al gran rabino. Hay abrazos y es común la sensación de que, por fin, llegó el Mesías que han estado esperando por milenios.

De una de las naves sale un trono de oro con 7 cuernos de plata que están ubicados en la parte posterior. Desciende y se detiene precisamente donde está Izan. Él toma su posición mientras las personas aplauden de emoción. "¡El creador de mundos se ha sentado!", exclama el gran rabino.

El reportero Ángel Pedraza, testigo y espectador del fervor multitudinario, entrega el micrófono a su equipo de prensa y sentencia: "No me pondré ninguna marca, esto no está bien. Me largo de aquí y, si ustedes quieren salvarse, les sugiero que huyan también".

La imagen, réplica de Izan, tomó su lugar al lado izquierdo del trono y creció 5 metros. De sus manos emergió una espada de oro de 4 metros que descansó sobre el suelo. Pronunció: "Permaneceré aquí mientras siga el pacto de paz. De cambiarlo, mi ira será provocada y el fin de la humanidad llegará". El mundo entero se apresura a llenar la forma LB666 para cumplir el decreto de Izan.

CAPÍTULO 32

LA LLEGADA DE LOS DOS TESTIGOS

Apocalipsis 11:1-13, 7:1-8, Mateo 24:16-22, Daniel 9:27.

Ángel Pedraza, sale corriendo del área de las ruinas de la Cúpula de la Roca mientras se encuentra con Freddy Cintrón, líder de "Los Dejados".

- Señor Pedraza, sígame que su vida va a correr peligro aquí. Seguro se habrá dado cuenta de que las profecías se están cumpliendo de una manera rápida y efectiva. Es el momento de salir de Jerusalén, ya hemos completado el ejército de Dios que salen en Apocalipsis y a los que se llama "Los Sellados", —dice Freddy.

Ángel y Freddy llegan a un gran almacén a 15 minutos de Jerusalén, para reunirse con el grupo y encontrar escondite en Siria. Repentinamente, a la puerta llegan dos personas con atuendos muy extraños como si fueran tejidos con sacos de papas y una especie de maya como si fuera de pescar en sus cinturas. Tienen unas sandalias como de piel de oveja, que nadie había visto; el cabello, blanco como la nieve y sus barbas largas y grises. Los sellados se acercaron y muchos se postraron ante ellos, es que parecían de otra época.

- No se postren ante nosotros, dijeron. Somos humanos como ustedes, solo a Dios que está en el cielo tienen que postrarse. El mismo que creó los cielos y la tierra, el alfa y omega. Nuestra misión acaba de comenzar. Vayan a los montes unos días hasta que preparemos el camino. Mi nombre es Enoc, y el de él Elías- dice.

Todos quedan petrificados y Freddy lo interroga:

- ¿Es cierto que nunca murieron?. Elías, ¿es verdad que Dios envío un carruaje con caballos para que salieras del planeta?

- Muchacho, tendremos tiempo para que conozcas todo- dice sonriendo. Esperen nuestra orden en unos días para comenzar a predicar el evangelio en todo lugar. Es hora del despertar de Israel, la "Tierra prometida" —dice con alegría Elías.

Enoc los alienta antes de irse:

—Les diré que Dios está muy feliz por ustedes, serán recordados por toda la eternidad como el ejército de valientes. Tendrán una corona diferente a los demás pues el galardón por las cosas que van a hacer de ahora en adelante será inmenso y el lugar donde van a ir, será lo más hermoso que ojo haya visto. Lo sé porque lo conozco, pero no va a ser fácil, la lucha será contra el nuevo orden mundial y sus líderes, incluyendo a la bestia, el Anticristo y a las legiones celestes.

Elías les dice a los 144.000 que va a hacer una oración de unción. En ese instante, todos tienen la sensación de que algo está sucediendo pues la tierra parece que dejó de rotar, como si todo estuviera en cámara lenta. Elías ora: "Padre que todo lo ve y todo lo cumple, te presento a los soldados que están listos para la gran batalla, una batalla que será recompensada por ti. Este grupo te servirá con sangre y elevará tu nombre sobre todas las cosas y serán testigos de tu grandeza. Padre, te imploro que bendigas y marques a tus hijos con la unción de tu poder".

Es la noche del día 2 de Izan cuando del cielo bajan miles de luces blancas parecidas a una paloma, ingresan en ese gran almacén a gran velocidad y penetran la frente de los 144.000. Todos, excepto Ángel, fueron sellados por Dios. El reportero, por su parte, se arrodilla y clama a Dios, por lo que acaba de suceder.

Los dos testigos dicen: "Iremos a la Cúpula Dorada a dar el mensaje. Vayan todos en paz, tienen la unción de Altísimo". Freddy va donde Ángel, pone su mano sobre el hombro y lo anima: "No te preocupes, eres un guerrero y Dios te va a usar en gran manera. Larguémonos de aquí".

9:30 p.m. en Jerusalén, los dos testigos acaban de llegar a las ruinas de la Cúpula y ven cientos de naves trayendo los materiales de construcción para el tercer Templo. Hay una gran multitud contemplando el lugar. Todos los presentes miran a estos dos extraños con ligereza pero a la vez con desprecio. "Llegaron dos locos a la ciudad", ríe uno. "¿Dónde compraron ese atuendo tan elegante?", dice otro.

Elías saca una vara y señala un lugar específico, con la otra mano señala el cielo mientras Enoc se arrodilla mirando hacia el Muro de los Lamentos. El público enciende los celulares para grabar ese espectáculo. Elías baja su vara y se acerca al área donde está la imagen viviente de Izan. Proclama:

- A todos los que están aquí, vengo a decirles que esta imagen es parte del poder maligno de Satanás, que vino como un parásito espiritual decidido a poseer sus almas. En el momento que se pongan la marca de los 666 estarán condenados al fuego eterno. Este es el momento de arrepentirse.

Al escuchar las palabras, la imagen ordena que bajen 3 Nefilim de una de las naves para aniquilar a los dos testigos. El público presente les grita: "¿Quién es más grande que el creador? ¡Ustedes están locos!". Muchos comparten lo que está sucediendo a las redes sociales.

Los Nefilim disparan con un arma que pulveriza todo lo que encuentra. Pero los dos testigos contrarrestan el ataque cuando, de sus cuerpos, sale algo parecido a un aura que sirve como campo de fuerza. Los rayos de sus proyectiles no les quemaron ni una hebra de cabello. Más bien, arremetieron abriendo sus bocas de las que salían bolas de fuego amarillas que micronizaban a los nefilianos en fracciones de segundos. Los mortales espectadores corren espantados dando círculos.

La imagen gigante ríe y declara:

-¿Creen que podrán con nuestro reino?. Llamaré a más legiones para asesinarlos".

Enoc se le acerca, mueve con su pie la espada de 4 metros que yace en el suelo y responde a gran voz:

—Traten de hacer algo contra de nosotros y sentirán la ira del verdadero Dios. Haremos sufrir a la humanidad hasta que se arrepientan. ¡Israel! Este es el momento de la verdad, Dios les está dando una última oportunidad de regresar a la senda antigua. La senda que comenzó Abraham y por sus incredulidades les pusieron murallas. Es el momento de caminar hacia la salvación. Esta imagen muestra las malas intenciones de la bestia y del Anticristo y será aniquilada-sentencia.

Aparecen 100 nefilianos con Nimrod II y bajan de las naves con armas más potentes. Disparan sin piedad, pero la fuerza de Dios los protege y de las manos de los dos testigos sale fuego que consume a la centena menos al Nimrod II.

- Yo te conozco Baal- interpela Elías- Nunca te rindes y tu poder será limitado en esta gran tribulación. Has contaminado la tierra por milenios, tu dios tiene los meses contados, venimos de un lugar en el que envidiarías poder estar, pero por tu maldad no eres digno ni de mirar al cielo.

- Eso lo veremos, tu Dios que está en el cielo será derrotado muy pronto. Solo es cuestión de tiempo- dispara Nimrod II.

- En unos minutos, la lluvia no caerá en el planeta hasta que me plazca. Tendrán que escuchar nuestro mensaje, les parezca o no. El que trate de hacer algo en nuestra contra será castigado de la misma forma, —dice el profeta.

Nimrod se aleja de ellos y asciende a la nave. Izan y el gran rabino presenciaron el incidente. "¿Qué poder es capaz de burlarse del nuestro? Rabino, regresemos a Jerusalén. Hablaremos en privado con los dos testigos", propuso Izan.

La dupla extemporánea está arrodillada cerca de la Cúpula Dorada sobre una de las escalinatas que va al Templo. Izan y el gran rabino descienden de la nave y se acercan a ellos.

- Miren a quiénes tenemos aquí- arremete Izan en son de burla- Los protectores de Israel, los famosos dos testigos del Apocalipsis. Dios acaba de perder, Lucifer ya ganó el trono. Así que están perdiendo el tiempo aquí. Les daré una oportunidad para que se larguen de Israel. No creemos el cuento de que por sus poderes van a detener la lluvia, ¿Acaso son dioses?- dice el gran rabino.

—Tu necedad te causa ceguera. Escrito está: "a los dos olivos llevaremos el mensaje de Dios y el que quiera asesinarlos o golpearlos se le pagará con la misma moneda. Las trompetas comienzan a sonar, la arena del desierto será testigo de la ira de Dios contra los desobedientes", profetiza Elías.

Enoc se para frente a Izan y lo desafía:

- La batalla apenas comienza.

Elías levanta su vara, realiza un movimiento circular hacia arriba y dictamina:

—Con la potestad que Dios nos otorgó desde este momento, ni una gota se rocío aparecerá en el planeta Tierra hasta que él lo determine. Poco a poco el mundo conocerá el poder de Dios.

El gran rabino intenta defenderse enviando fuego hacia ellos, pero no le resulta.

Enoc lo detiene:

- Tu magia no sirve aquí, vendremos todos los días a este mismo lugar para advertir al pueblo; no nos detendrán.

- Eso ya lo veremos, serán los dos testigos de mi reino, el más poderoso de la historia- apunta Izan.

Escupen en el suelo y ascienden a la nave.

- Ellos no tiene ni idea de las cosas que ocurrirán —reflexiona Elías.

El día 4 de Izan, 8:00 a.m. en Jerusalén, los dos testigos están profetizando mientras el público los abuchea. Izan en unos minutos dará un discurso pues todos están preocupados por la escasez de lluvias. Ni el sereno de la mañana está presente y en lugares en los que nunca deja de llover, no hay ni señales de agua. La sequía está comenzando a notarse.

"Habitantes del nuevo orden, dice el líder. Estos farsantes dicen que han detenido las lluvias. Muchos no quieren llenar la forma LB666 por miedo a condenarse, argumento que también han proferido estos dos. Pero sepan que la condenación comenzará desde hoy si no llenan el formulario y se ponen la marca de la Ola Sostenible. Yo soy su dios encarnado en la tierra y la Biblia fue creada para dictar su forma de pensar y actuar. Yo estoy por encima de la abominación de ese libro.

Todos tienen que tener la marca, sin importar el estatus o la clase social. Los que se nieguen u oculten a los rebeldes, serán arrestados por traición y fusilados. Si quieren que llueva, acepten mi decreto de abundancia", —dice Izan.

El público se arrodilla ante el soberano y le agradecen por salvarlos de la herejía de las religiones.

"El engañador, con su plan de perdición sostenible, los arrojará en el lago de azufre. Abran sus ojos y no cometan el error de seguir al hijo de Satanás. Jesús es el único Mesías al cual rechazaron. El mundo está presenciando el comienzo de la "gran tribulación"", grita Enoc.

El público acalla con gritería las intervenciones de los dos testigos y muchos de ellos agarraron piedras para matarlos. Los dos se llenaron de una especie de bola de fuego que cubría sus cuerpos; las piedras rebotaban y regresaban a las personas que las lanzaron a gran velocidad, enterrándose en sus frentes.

Elías levanta su vara y pronuncia al cielo: "Dios, que caiga una plaga de abejas en Israel. Una gran nube negra aparece en el cielo y crece a pasos agigantados. Se escucha un gran zumbido por todos lados. La nube se convierte en una especie de tornado. Las personas de todo el mundo ven los sucesos por televisión. Los presentes comienzan a gritar y a correr, el tornado se dirige hacia la ciudad de Jerusalén a gran velocidad cuando, en realidad, perciben que son billones y billones de abejas arropando la vegetación y oscureciendo toda la ciudad. Las personas corren en busca de un refugio para no ser picados por las abejas.

Las abejas hacen una barrera a los dos testigos mientras ellos caminan hacia el trono de Izan y se acercan a él. Con tono amenazante, Elías advierte: "Espero que nadie se atreva a volver a tocarnos; seguiremos predicando en este lugar". Alza su vara y las abejas se desaparecen en cuestión de segundos, como si fuera un holograma estilo Proyecto" Blue Beam". Izan y el gran rabino regresan a la nave y salen del lugar. Transcurre una semana del incidente con los dos testigos y el Templo de Izan ha finalizado con éxito. Los espectadores evitan tomar la ruta en la que los dos testigos continúan profetizando. El templo es el más grande de la historia, los rabinos lo inspeccionan minuciosamente para la inauguración.

"Pueblo mío. Otro milagro acabo de cumplir. Les presento mi templo, el Templo de Izan el creador. El gran patio que está detrás será para mis apariciones y para mi adoración. Desde hoy comenzarán los sacrificios para que obtengan mi bendición. Los animales sacrificados se prepararán y enviarán para alimentar el planeta. La sangre es el pacto eterno por mi llegada, el símbolo de mi poder. Solo un grupo de sacerdotes y personas ungidas tendrá el derecho de entrar a la cámara santa del sacrificio", dice Izan.

Noticiero de la República del Norte con Brycen Smith con un reporte de última hora. "Limpieza de los impuros. Millones de personas han llenado la forma LB666 y miles de personas están saliendo del reino de Norteamérica para emigrar a Puerto Rico y a Venezuela. Los que se quedan y no quieren llenar la forma son arrestados o asesinados por los ciudadanos. Las cifras de muertes de los negacionistas ha ascendido a 350.000 en lo que va del día. Se pide prudencia con los que todavía no han llenado la solicitud; aunque figura bajo el lema de voluntariado, está más que claro que la negativa es violentamente castigada. En 24 horas se comenzará la implantación de la marca electrónica en los hospitales y en todas las escuelas del mundo. Pasamos a Manhattan para un reporte de emergencia", concluye Brycen.

"Buenas tardes, como pueden observar hay 5 naves por encima del área del ataque nuclear del 31 de diciembre del año que aún se contaba por Cristo. Desde sus naves acaba de salir una luz azul con un humo extraño, tal parece un torbellino que recoge de las ruinas todo lo radioactivo. Aparentemente limpia el lugar. En el sitio donde se encontraba la Estatua de la Libertad, una nave colocó en su reemplazo la imagen de Izan en la misma posición que la destruida. Tiene una antorcha mucho más grande y sus vestimenta es semejante a la de un gladiador romano. Se ha construido un camino desde Little W St, en los bajos de Manhattan, hasta la isla de la Libertad en cuestión de segundos. Volvemos a los estudios centrales pues informan que Izan, el creador, emitirá un discurso", dice el reportero.

"Mi humanidad. No habrá más bombas nucleares desde este momento. La limpieza radiactiva en el planeta Tierra comenzará desde hoy. Ya la radiación y sus efectos serán parte del pasado oscuro, el que llevaremos como un recuerdo del viejo sistema. Las dos personas que están vociferando que soy el Anticristo quieren que regresemos al pasado, que sigamos a un Dios muerto. Ellos son la viva encarnación de la oscuridad. No escuchen su mensaje de perdición, yo soy el creador y el que vela por el bienestar de la humanidad. Al tener la marca sostenible al 100 % entraremos al paraíso en la tierra. Hemos creado miles de instalaciones de adoctrinamiento alrededor del mundo para los que no quieran ponerse la marca. Tendrán mi esencia y sentirán mi poder cuando cumplan. No se dejen engañar por "Los Dejados"pues la humanidad tendrá que evolucionar. La estatua de Nueva York, desde hoy, será un lugar santo para mi adoración donde podrán rendirme culto. La imagen del Templo en Jerusalén, será mi esencia para que me adoren", dice Izan.

CAPÍTULO 33

EL FUTURO DE "LOS DEJADOS"

Apocalipsis 13:7-10, 14:9-12, 16:1-2

Noticiero del Reino con el boletín de última hora. "Ya han pasado 30 días después de la maldición que pronunció el impuro que se hace llamar Elías y no ha llovido todavía. De 8 billones de habitantes hay, aproximadamente 2 billones todavía no se han puesto la marca sostenible. Hay millares de drones por todo el mundo buscando a "Los Dejados" para darles cacería y arrestarlos a fin de que se pongan la marca. Se estima que en estos 30 días han muerto más de 20 millones de personas por negarse a adorar a Izan. En la ciudad de Chicago, que está en el Distrito 38 del reino del norte, hubo una oleada de asesinatos. Según informes, en la noche de ayer la población linchó y decapitó a más de 25.000 miembros de los no dejados".

Nimrod II insta al pueblo a que traslade a los no marcados a los centros de indoctrinación. Les dice: "No es apropiado que se cometan más asesinatos sin que antes se arrepientan, adoren al creador y a su imagen. El reino del norte tendrá una recompensa de 20.000 transferencias (10 millones de dólares) al que nos dé información sobre el expresidente Silva".

Brycen continúa: "Noticieros de otras regiones muestran las filas infinitas de la gente para buscar agua. Por esto, el creador de mundos, gracias a su misericordia, ha purificado el río Ganges de la India para que la gran población de 1.7 billones de personas puedan tomar agua potable. Los nefilianos han creado una forma de descontaminar el agua por un artefacto que está conectado a 100 de las naves.

En el norte del reino de África, cientos de naves están transportando a millones de personas al distrito 45 del reino del Norte hasta que se resuelva el problema acuífero y todos tengan la marca de la Ola Sostenible. Solo los marcados podrán viajar en las naves. En el área donde están los impuros, se ha levantado una cerca y a sus alrededores hay más de 20 militares y 3 nefilianos fuertemente armados para evitar que la población se les acerque. Se espera que en una semana el planeta esté 100% con la marca sostenible", comunica Brycen Smith.

Izan teme que la población se convenza de las profecías apocalípticas que salen por la boca de Elías y Enoc. Como estrategia, ha buscado la manera de aterrorizarlos diciendo que ellos son los mensajeros del espíritu de la maldad y que los tiene ahí con un propósito. El líder de los 144 000 sellados, Freddy, está por acercarse a las inmediaciones donde se encuentran Elías y Enoc, pero un oficial lo detiene.

- Está prohibido entrar a la puerta del infierno- dice con tono amenazante.

Freddy le grita a Elías y a Enoc:

- Hermanos, no me es permitido entrar a la llamada puerta del infierno, ¿acaso el infierno está en ese lado o en el de aquí?- dice en son de burla.

Elías se ríe y responde:

- Más bien, la ceguera no les permite ver a sus demonios. Oficial, déjelo pasar. El oficial a cargo consiente el ingreso.

- ¿Cómo pueden permanecer todo el día hablando sin, aunque sea, un poco de agua? Les traje agua y comida. De ahora en adelante y cuando necesiten, seré su ayuda- ofrece Freddy.

- Muchacho, tu valentía y tu convicción nos emociona. Reúne a los 144.000 a las 10 de la noche aquí. Ha llegado el momento. Dios me acaba de mostrar en profecía que ya ha preparado sus armaduras y esta noche se expandirá el evangelio para los que no se han puesto la marca. Hay más de 15 millones de israelitas que tienen dudas sobre la bestia y ustedes se encargarán de traerlos a los pies del Dios de Israel y del universo. En unos minutos los camarógrafos y las personas comunes, verán una muestra del poder del Altísimo. Anunciaré la reunión a las 10 de la noche y toda lengua escuchará el mensaje. Pasarán desapercibidos sin ningún problema pues Dios permitirá que todos sean testigos de los sellados- comenta Enoc.

Un camarógrafo enciende su cámara en ese momento, mientras Elías toma su vara, la levanta y dice: "Padre mío, regresa el rocío y la lluvia por misericordia de los que los justos que quedan. Lloverá por siete días dos horas al día para testimonio de tu grandeza", profetiza mirando al cielo. En ese preciso momento todo se oscurece, la tierra es cubierta por una gran oscuridad, el viento sopla y comienza a llover. Los predios del lugar están llenos de cámaras que han reportado los movimientos de los dos testigos las 24 horas al día. En todas las redes sociales y las cadenas televisoras de los 7 reinos están sin palabras. Izan, desde el Vaticano, le pide al gran rabino que persuada a la población mundial.

«Mi humanidad. El creador de mundos, acaba de obrar otro milagro más, pues contra todo pronóstico desde hoy y durante 6 días más, seguirá lloviendo. Esta es una oportunidad para que "Los Dejados" se pongan la marca. Pronto sembraremos la simiente que nos dará abundancia. En breve, en Río de Janeiro, pondremos otra imagen viviente de nuestro creador para que le den culto. Prepararemos el camino para el peregrinaje y cada reino tendrá una estatua para que no tengan la necesidad de ir al Vaticano. Él siempre está en sus corazones. Vivamos en los tiempos de gloria, ¡viva el creador!", expresa con fervor.

9:50 p.m. hora de Jerusalén, los 144.000 sellados hacen presencia por toda la calle Suq EL Qatanin, cerca de la Cúpula Dorada. Los soldados, incluyendo los nefilianos quedaron congelados, como si estuvieran en un Matrix. Elías saca su vara, la toma con las dos manos y dice en oración pública: "Dios, que el mensaje sea escuchado por todos los rincones del globo terráqueo". Al instante, todos los sistemas electrónicos se encienden por todo el mundo.

Televisores, celulares y computadoras están sincronizadas con las cámaras de la Cúpula Dorada para que todos sean testigos del mensaje. Las personas piensan que es un acto de Izan y se arrodillan ante el supuesto poderío que despliega.

- El momento de preparar el camino ha llegado, de corregir el estrago que ha dejado Satanás. La voz del desierto está anunciando los días postreros. Los que siguieron y se pusieron la marca, estarán eternamente castigados pues la iniquidad está marcada con tinta de perdición. Los valientes que no se han puesto la marca sostenible, no están solos. He aquí 144.000 guerreros que revelarán la verdad absoluta del verdadero Dios. Resistan hasta que el gran día del señor llegue. Este nuevo orden colapsará muy pronto- expresa con júbilo Enoc.

- Escrito está, Dios derramará las 7 copas con furia a los reinos y a los marcados. La primera copa está a punto de derramarse. Llagas caerán sobre ustedes, los perdidos- señala Elías con enojo y autoridad.

Elías levanta su vara, golpea con furia al suelo y una luz roja sale de ella expandiéndose por toda la tierra como si fuera un relámpago. De repente, detrás del cuello de los que se pusieron la marca aparece una llaga de 2 centímetros que empieza a heder como carne podrida. Los marcados por todo el mundo están gritando asustados por el suceso sobrenatural. Muchos tratan de quitársela con navajas, pero les es imposible. Izan monta en cólera y les pide a los nefilianos que bloqueen la transmisión, pero les es imposible. Argumentan: "Creador, esta tecnología vas más allá de nuestro entendimiento".

Enoc agrega: "Sellados, el tiempo de anunciar la salvación es ahora, que su luz abra el camino y florezca el desierto con el poder del Alfa y Omega, el Dios de Abraham, Isaac y Jacob. Escrito está: "el que rinda culto al anticristo y al falso profeta, más se ponga la marca sostenible, Dios le dará la espalda y serán desechados con su ira". Ambos testigos levantan sus manos y gritan: "Prepárense para esta guerra santa, serán mártires por la maldad en la tierra, pero sus vestidos blancos resplandecerán como nieve que refleja el amanecer y recibirán el galardón en los cielos por los siglos de los siglos".

Todavía estamos a medio camino

Estos son los sucesos que ocurrieron antes, durante y después del rapto. Todos han sido recopilados por medios noticiosos, por el comandante de la resistencia contra del reino del sur, Kristhian Silva; por el líder de los Sellados, Freddy Cintrón, que con el poder de Dios ha expandido el evangelio de salvación. La resistencia ha ganado terreno, hemos batallado con valentía y rescatado a millones en los campos de exterminios anticristianos por todo el mundo.

Lo que no debió suceder en Israel, era parte del plan de Dios para que sí ocurriera y para proteger a "Los Dejados" mientras tengamos vida. Pero, la lucha y la muerte no ha terminado pues estamos a mitad de camino y pronto veremos la gloria de Dios en los cielos. Soportemos, pues, las calamidades y sigamos orando para que el engaño no pierda a nuestras almas.

Atentamente,

Robert Montañez.
Comandante de la Resistencia del Reino del Norte.

Made in the USA
Columbia, SC
11 July 2024